O trem-Bala Do dEsaSTRe

CONTAGEM REGRESSIVA PARA O PERIGO

JACK HEATH

TRADUÇÃO: ALEXANDRE BOIDE

1ª edição

Publicado originalmente na Austrália, em 2016, por Scholastic Australia PTY Limited, sob o título *Bullet Train Disaster: Countdown to Danger*. Esta edição foi publicada com a permissão da Scholastic Australia PTY Limited.

Copyright do texto © Jack Heath, 2016.

Todos os direitos reservados. Nenhuma parte desta obra, protegida por copyright, pode ser reproduzida, armazenada ou transmitida de alguma forma ou por algum meio, seja eletrônico ou mecânico, inclusive fotocópia e gravação, ou por qualquer outro sistema de informação, sem prévia autorização por escrito da editora.

Tradução
Alexandre Boide

Ilustração e *design* de capa
Raquel Matsushita

Projeto gráfico e diagramação
Mauricio Nisi Gonçalves

Preparação de texto
Fátima Couto

Revisão
**Karina Danza e
Barbara Benevides**

CIP-BRASIL. CATALOGAÇÃO NA PUBLICAÇÃO
SINDICATO NACIONAL DOS EDITORES DE LIVROS, RJ

H348d   Heath, Jack
    O desastre do trem-bala : contagem regressiva para o perigo / Jack Heath ; tradução Alexandre Boide. - 1. ed. - São Paulo : Escarlate, 2020.
    144 p. ; 21 cm.

    Tradução de: Bullet Train Disaster : Countdown to Danger
    ISBN 978-85-8382-089-5

    1. Ficção. 2. Literatura infantojuvenil australiana. I. Boide, Alexandre. II. Título.

19-61033
CDD: 808.899282
CDU: 82-93(94)

Meri Gleice Rodrigues de Souza - Bibliotecária CRB-7/6439
31/10/2019 05/11/2019

Direitos reservados para todo o território nacional pela SDS Editora de Livros Ltda.

Rua Mourato Coelho, 1215 (Fundos) – Vila Madalena
CEP: 05417-012
São Paulo – SP – Brasil
Tel./Fax: (11) 3032-7603
www.brinquebook.com.br/escarlate
edescarlate@edescarlate.com.br

Este livro segue o Novo Acordo Ortográfico da Língua Portuguesa.

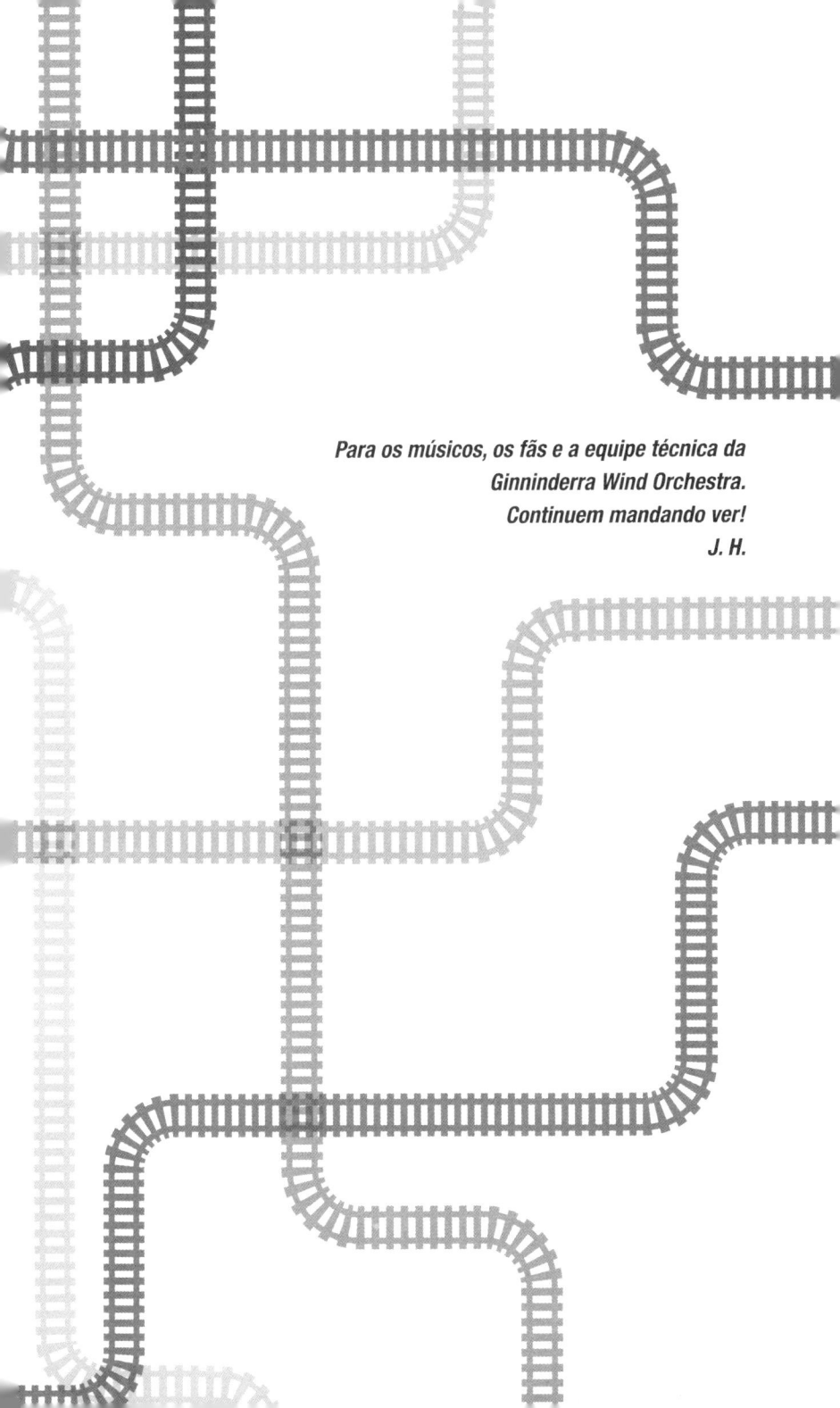

Para os músicos, os fãs e a equipe técnica da Ginninderra Wind Orchestra. Continuem mandando ver!
J. H.

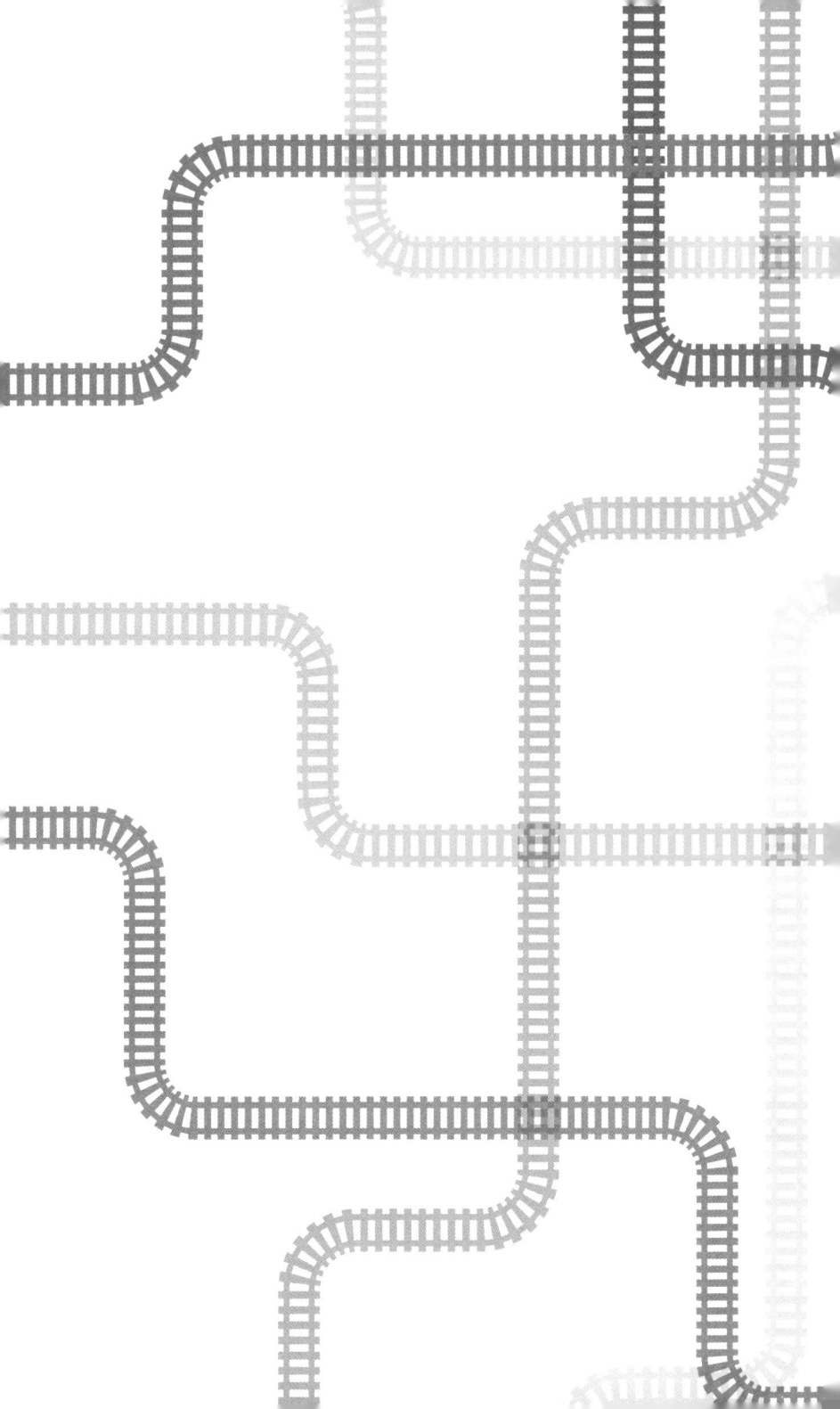

30:00

Ele não se parece com nenhum trem que você já tenha visto.

Tem as partes de sempre – portas deslizantes, grandes janelas, rodas gigantescas e ruidosas –, mas está apontado *para cima*. A montanha é tão íngreme que os trilhos ficam quase na vertical.

Como isso vai funcionar? É verdade que o trem só tem um vagão, mas, mesmo assim... Os trens conseguem subir ladeiras como essa?

Apesar da estranheza, tudo parece familiar. Como se você já tivesse andado nele antes. Apreensivo, você olha no relógio. O trem não deveria ter saído há uma hora?

Os outros passageiros se mostram tão perplexos quanto você. Todos com a sensação de terem acabado de acordar em um lugar estranho. Com exceção de Coruja.

— Isso vai ser incrível — Coruja comenta, saltitando na plataforma. As botas marrons são grandes demais para ela, e o casaco de lã está virado do avesso, revelando padrões bacanas impressos no tecido. Seus cabelos com mechas roxas aparecem sob o gorrinho que está usando.

O nome dela na verdade é Paige, mas todo mundo a chama de Coruja porque ela é curiosíssima, quer decifrar todos os mistérios e aprender sobre absolutamente *tudo*. Vocês são amigos desde sempre. Ao ganhar a passagem – "Você e um amigo podem ser os primeiros a subir o Monte da Morte no novo trem-bala!" –, você não demorou mais de dois segundos para decidir quem convidar.

— Será que é seguro? — você pergunta.

— Claro que é. Eles não deixariam as pessoas andarem no trem se não fosse.

Você não tem tanta certeza assim. O *site* parecia confiável e trazia fotos de tudo, desde os controles da cabine do condutor até a vista do alto da montanha. Mas, agora que está aqui, você percebe que os funcionários, andando de um lado para outro, estão de tênis de corrida. Os seguranças têm os olhos vermelhos de cansaço, e seus uniformes estão amarrotados. As placas das paredes têm erros de ortografia. E o Monte da Morte parece muito, muito alto. Nuvens negras se acumulam em seu topo como fumaça. Os penhascos estão salpicados de neve. Nas árvores raquíticas que crescem nas encostas, corvos voam de um galho ressecado para outro.

— Nunca houve um acidente com esse trem — acrescenta Coruja.

— É a primeira viagem que ele faz — você responde.

— Você entendeu o que eu quis dizer. Eles fizeram testes.

Você sabe que ela não tem como garantir isso, mas não diz nada.

— Todos a bordo! — o condutor grita, com os olhos meio escondidos sob o quepe preto e um sorriso estranho no rosto. Parecia estar ansioso para dizer aquelas palavras.

Um estrondo sinistro reverbera no ar. A plataforma vibra sob seus pés. Talvez seja o motor do trem ao ser acionado. Talvez não.

Coruja entra na fila de passageiros.

— Você vem ou não vem?
— Estou indo — você responde.

Vá para a próxima página.

28:15

Você entra na fila atrás de Coruja. À sua frente, uma mulher idosa olha fixamente para o trem e cobre a boca com uma echarpe de seda. Um homem magricela com um chapéu de aba larga mexe nos botões de uma câmera de vídeo bem grande. Um garoto mais ou menos da sua idade com traje de esquiador carrega uma prancha de *snowboard*. Há gelo na roupa dele, como se não fosse a primeira vez no dia que ele subia a montanha.

Coruja parece mais empolgada do que qualquer outro passageiro. Quando o trem chegar no alto, ela pretende procurar os raríssimos – e perigosíssimos – carrapatos gigantes que, segundo dizem, vivem lá em cima. Ela acha que vai ficar famosa se conseguir provar a existência deles.

Um segurança grandalhão olha feio para você, com uma das mãos em um fone de ouvido. Você olha ao redor, mas não vê ninguém. O segurança só pode estar olhando para você. Por quê? Você não fez nada de errado.

Você dá um cutucão em Coruja.

— Está vendo aquele cara?

— Que cara? — ela pergunta, alto demais.

— Fale baixo. O segurança.

Quando Coruja olha, o segurança já desviou o olhar.

— O que tem ele?

— Ele estava olhando para nós.

Ela sorri.

— O que foi que você roubou?

— Nada!

— Estou brincando — ela ri, batendo com o cotovelo em suas costelas. — Relaxe. Logo você vai estar no alto da montanha mais alta do mundo. Daqui de baixo, ele nem vai conseguir ver você.

Você franze a testa.

— O monte Everest não é mais alto?

— Depende de como se mede. O Everest é o mais alto em relação ao nível do mar.

— E como é que *você* mede?

Ela abre um sorriso malicioso.

— Pelo tempo que você vai demorar para atingir o chão se cair lá de cima.

Uma outra pessoa da equipe de segurança, uma mulher de nariz comprido e fino e olhos lacrimejantes, pega a passagem de Coruja e diz:

— Obrigada, senhorita Nguyen. Seu assento é o da janela, na quinta fileira à sua esquerda.

Coruja entra no vagão e desaparece ao virar à esquerda.

Você enfia a mão no bolso e pega a passagem.

Alguém segura em seu braço. É o segurança grandalhão que o encarava antes.

— Taylor é você? — ele pergunta.

Se você responder: "Isso mesmo, Neil Taylor", vá para a próxima página.

Se disser a ele: "Não, eu sou Shelley Black", vá para a página 12.

26:50

— Isso mesmo, Neil Taylor — você responde. — Posso ajudar em alguma coisa?

O segurança solta um suspiro.

— Não, eu estou procurando Taylor Morton. Você o conhece?

Você faz que não com a cabeça e olha para as outras pessoas da fila.

— Como ele é?

— Na verdade, não sei — o segurança admite.

Ele diz mais alguma coisa, mas você se distrai. Um homem com um boné de golfe marrom está rondando a plataforma. Será que é um passageiro? Se for, por que não embarcou?

O homem percebe que você está olhando e se afasta com passos apressados.

— Quem é Taylor Morton? — você pergunta. — E por que há tantos seguranças aqui?

— Por causa dos bandidos — o segurança responde. — Esse trem foi feito com metais valiosos. Inclusive... — o homem dá sinais de nervosismo, como se soubesse ter falado mais do que deveria. — Trate de embarcar agora. Você está atrasando a fila.

Você sobe os degraus e entra no vagão. O interior do trem é muito estranho. A inclinação é tamanha que, em vez de um corredor, existe uma escada. Os assentos têm cintos de segurança complexos, do tipo que se esperaria encontrar em um foguete espacial. Os passageiros colocam os pertences nos compartimentos acima dos assentos, onde ficarão trancados para não chacoalhar quando o trem estiver em movimento.

O vagão inteiro tem cheiro de água sanitária. Você se pergunta se alguém vomitou nele quando o trem estava em fase de testes e foi preciso lavar o chão. Subir os degraus do corredor é como se dirigir ao alto de um toboágua.

Você encontra Coruja na metade do vagão, tentando se prender ao assento.

— Cinto idiota! — ela resmunga. — Por que tantas fivelas?

— Porque o trem viaja a 300 quilômetros por hora — você responde.

Ela quase pula do banco.

— Neil! Você me assustou!

— É porque eu sou um ninja.

Ela olha para o relógio.

— Você é bem lerdinho para um ninja. Por que demorou tanto?

Vá para a página 14.

26:50

— Não — você diz para o guarda. — Eu sou Shelley Black.

— Ah, desculpe-me — ele larga seu braço. — Posso ver sua passagem?

Você entrega o bilhete. Ele o examina.

— Aquela pessoa que estava com você era...

— Também não era Taylor — você responde. Claramente, ele está à procura de alguém que nunca viu antes.

O segurança olha para a bilheteira. Ela assente com a cabeça.

— Quem é Taylor? — você pergunta ao segurança. — Por que você está à procura dele?

Ele encolhe os ombros.

— Não sei. Acabei de receber uma mensagem: "Diga a Taylor Morton que não embarque no trem". Mas nenhum dos passageiros se chama Taylor — ele franze a testa. — Taylor é nome de homem ou de mulher?

— Pode ser dos dois — você responde.

Ele solta um grunhido e devolve a passagem.

— Deixe isso para lá. Boa viagem.

Ele se afasta, sacudindo a cabeça.

— Por que há tantos seguranças aqui? — você pergunta à bilheteira.

— Por determinação do Ministério da Defesa — ela diz.

Você olha ao redor. Não vê ninguém que pareça ser militar.

— O que o Ministério da Defesa tem a ver com esse trem?

— Isso é informação confidencial — a bilheteira responde, fazendo sinal para você entrar no trem.

O interior do vagão é surreal. A inclinação é tão grande que existe uma escada entre as poltronas em vez de um corredor. Há fileiras de luzes no teto, como em um avião. É possível sentir o cheiro do combustível de foguete fervilhando no motor. As ventoinhas de aquecimento fazem um zumbido alto sob os assentos.

Você fica sem ar ao subir todos os degraus até a sua fileira, onde Coruja está sofrendo para ajustar o cinto de segurança de cinco pontos.

— Cinto idiota! — ela resmunga. — Por que tantas fivelas?

— Acho que vamos descobrir isso em breve — você diz.

Ela leva um susto.

— Shelley! Onde é que você estava?

Vá para a próxima página.

24:03

— Aquele segurança... — você diz. — Ele queria me fazer uma pergunta.

— Que pergunta?

Você está prestes a responder quando a voz do condutor soa nos alto-falantes.

— Estamos quase prontos para partir — ele avisa. — Nos testes, o trem se mostrou capaz de acelerar até a velocidade máxima em trinta e seis segundos, mas vamos fazer isso em quatro minutos para minimizar o risco de...

Ele resmunga alguma coisa.

— Ele falou "pescoços quebrados"? — Coruja sussurra.

— Ou "destroços para todos os lados"...

Um estrondo interrompe sua resposta, e o trem entra em movimento. A força de aceleração faz você colar no assento. Os outros passageiros gritam. Agora você sabe por que o nome disso é trem-bala: parece que o vagão foi disparado de dentro de um canhão. Você está avançando montanha acima a uma velocidade perigosa.

A plataforma desaparece das janelas. À sua frente surge uma paisagem impressionante, em que se vê uma sucessão de picos de outras montanhas de alturas vertiginosas. Seu estômago parece ter-se transformado em uma bolinha minúscula.

Você acha que viu alguma coisa entre as árvores. Um vulto escuro em meio à neve. Uma pessoa... não. Era alto e largo demais para ser uma pessoa.

A silhueta desaparece antes que você possa ver melhor.

— Estamos indo rápido mesmo! — Coruja grita para ser ouvida em meio ao barulho estrondoso das rodas.

— Pois é, percebi! — você grita de volta.

Os trilhos fazem uma curva fechada, e o trem dá uma guinada para a esquerda. Uma movimentação na parte da frente do vagão chama sua atenção. Dá para notar que o garoto com traje de esqui não afivelou direito o cinto de segurança. A curva o arremessou para fora da poltrona, e agora ele está agarrado ao encosto do assento, enquanto o trem avança cada vez mais depressa. Seus olhos estão arregalados de terror. Se não conseguir se segurar, ele vai sair voando pelo vagão.

— Socorro! — ele grita.

Uma de suas mãos escapa da poltrona. Ele vai cair.

O homem sentado no assento ao lado segura a mão do garoto, mas sua posição não é a ideal. E ele parece não estar disposto a soltar seu próprio cinto de segurança para ajudar o garoto.

Você tem como segurar o garoto quando ele passar voando ao seu lado, mas teria de desafivelar o cinto de segurança para conseguir se esticar o suficiente. O que você faz?

Se você desata o cinto de segurança para segurar o garoto em queda, vá para a página 18.
Se você continua com o cinto de segurança enquanto tenta alcançá-lo, vá para a página 21.

01:05

— Eu? — Coruja pergunta. — Por que eu tenho de ir primeiro?

Você não quer deixar sua amiga de longa data presa em um vagão que está sendo destruído por uma lâmina gigante que arranca pedaços e mais pedaços da estrutura. Mas não encontra palavras para expressar isso no momento.

— Vai logo! — você grita.

A guilhotina se ergue e some de vista. Confiando em você, Coruja se arremessa no vazio...

Bem a tempo. A lâmina gigantesca desce com tudo, arrancando outro pedaço do trem, e por pouco não acerta os pés de Coruja. Ela cai de quatro entre os trilhos do trem.

É a sua vez. A guilhotina se ergue. Você corre e salta para fora do trem...

A lâmina desce zunindo e, com um rangido seco, vai rasgando brutalmente as paredes do vagão.

Alguma coisa acerta seu pé...

E o chão sobe depressa em sua direção.

Bam! Você cai de bruços no cascalho do leito da ferrovia, com a respiração ofegante. Seu rosto está dolorido. E suas mãos. E seus joelhos. Mas você sobreviveu.

Você vira a cabeça e olha para os pés, para ter certeza de que ainda estão lá. E estão, mas a sola de um dos sapatos foi arrancada. Se tivesse saltado uma fração de segundo mais tarde, teria sofrido uma amputação na altura dos tornozelos.

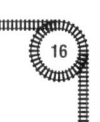

— Você está bem? — Coruja pergunta.

Você faz que sim com a cabeça, com adrenalina demais no sangue para conseguir falar. Logo atrás, o helicóptero termina de transformar o trem em uma valiosa sucata.

— Ei! — Coruja grita. Ela está olhando para cima e agitando os braços. — Aqui embaixo!

Você segue o olhar dela. Um helicóptero sobrevoa vocês, mas não são os bandidos. A palavra "POLÍCIA" está estampada na lateral da aeronave.

Com as pernas doloridas, você se levanta e fica ao lado de Coruja, gritando e acenando. Parece que tudo vai ficar bem.

00:00

Você sobreviveu! Há outras dez maneiras de escapar do perigo – tente descobri-las todas!

21:20

No momento em que a mão do garoto escapa do encosto da poltrona, você consegue desafivelar seu cinto.

— O que você está fazendo? — grita Coruja.

Você a ignora. O garoto passa voando pelos ares. Você estende o braço.

Sucesso! Você o agarra pelo pulso, e ele segura o seu. Mas em vez de puxá-lo de volta, você acaba voando da poltrona também. De repente estão os dois despencando pelo vagão, passando velozmente pelos outros passageiros, com o universo inteiro girando ao redor. O garoto se esborracha contra a porta traseira do vagão, batendo com os ombros primeiro. Você cai em cima dele. O traje acolchoado de esquiador ameniza o impacto, mas mesmo assim você fica sem ar.

O trem continua acelerando. A força da gravidade impede que você se levante. O garoto tenta tirá-lo de cima de seu corpo, mas, no meio da agitação, esbarra com a mão no botão de "SAÍDA DE EMERGÊNCIA".

— Não! — você grita, mas é tarde demais.

A porta se abre com um chiado. Vocês são lançados de dentro do vagão para a luz fria do dia. Você vê os trilhos passando em alta velocidade diante de seus olhos antes de...

Bam! Você e o garoto despencam sobre os trilhos. O impacto deixa sua cabeça girando, o estômago revirado e os ouvidos zumbindo.

Você tem sorte. Como estava rolando para trás enquanto o trem acelerava para a frente, não atingiu os trilhos com tanta velocidade – e como, mais uma vez, caiu em cima do garoto, as roupas de proteção dele salvaram sua vida.

Ainda assim, quando o mundo todo para de rodar, você se dá conta de que seu corpo todo está dolorido. Cada centímetro de sua pele parece estar machucado.

— Ora essa! — exclama o garoto, arfando. A voz dele ecoa no pico distante da montanha. Pelo jeito de falar, ele parece ser britânico e meio esnobe.

Você olha para ele. Está caído de costas, olhando para o céu, com um sorriso enorme no rosto vermelho. Tem nariz reto, ombros estreitos e sobrancelhas altas e finas que parecem ter sido desenhadas a lápis.

— Ora essa! — ele repete. — Que incrível!

Você se senta, soltando um grunhido ao sentir todas as articulações protestarem de dor.

— A gente quase morreu! — você retruca.

— *Pfff...* — faz o garoto, com um gesto de desprezo. — Nós estamos bem.

— Bem? — você aponta para a paisagem desolada de árvores mortas e rochas congeladas ao redor. É possível ver o esqueleto de um animal estendido no chão ao longe. — Estamos isolados no meio de uma montanha!

— E eu sem a minha prancha de *snowboard* — o garoto diz em tom de lamento. — Imagine descer esses trilhos até lá embaixo? Seria demais!

Você começa a bater o queixo. Sua jaqueta é fina demais para aquele frio. Quanto tempo você será capaz de sobreviver?

Você enfia a mão no bolso para pegar o celular. Mas ele está espatifado em mil pedacinhos que espetam seus dedos. Sua bússola parece intacta, mas, além de apontar para o norte, não vai servir para muita coisa.

— Acho que preciso me apresentar — o garoto diz. Ele estende a mão enluvada. — Taylor Morton, ao seu dispor.

Vá para a página 23.

21:20

Você estende a mão, tentando pegar o garoto que está caindo. O cinto de segurança repuxa seus ombros e quadris, mas o garoto continua fora de seu alcance. Ele passa por você em grande velocidade, um borrão de roupas e olhos arregalados, e se esborracha contra o fundo do vagão.

— Acionem os freios! — você grita. — Parem o trem!

É tarde demais. A porta traseira se abre com um chiado. O garoto deve ter esbarrado no botão de abertura de emergência na queda. Ele mergulha na luz do dia e desaparece.

O vento entra com força pela porta aberta. Os freios guincham, e seu corpo é arremessado para a frente, contra o cinto de segurança. Todos estão gritando.

O trem ia tão depressa que, quando consegue parar, você tem a impressão de estar a quilômetros de distância do local onde o garoto caiu. Você está a meio caminho do topo da montanha, e, se não estivesse apavorado, acharia encantadora a paisagem vista pela janela lateral.

— Você está bem? — Coruja pergunta, ofegante. É possível ver as gotas de saliva espalhadas pelo queixo dela. Você torce para que a baba não seja sua... porque você estava aos berros.

— Estou, sim — você responde. — E você?

— Sim, estou bem — ela olha para trás, na direção da porta aberta. — Você acha que aquele garoto está bem?

É pouco provável. O trem estava a grande velocidade.

— Eu tentei salvá-lo — você diz. É verdade, mas parece mentira. Você poderia ter se esforçado mais.

— *Senhoras e senhores* — a voz do condutor fala pelo rádio. Ele parece abalado. — *Eu acionei os freios de emergência. Vou ter de pedir a todos que desembarquem enquanto faço uma vistoria no vagão.*

— O quê? — grita a mulher idosa da echarpe de seda. — Nós vamos congelar lá fora.

Ao que parece, o condutor não a ouviu.

— *Por favor, saiam do vagão de forma ordeira pelas portas da frente.*

Entre um resmungo e outro, as pessoas começam a desatar os cintos de segurança.

— Isso é ridículo — protesta Coruja. — A gente deveria voltar para ajudar aquele garoto, e não ficar aqui esperando.

— Não dá para voltar sem ter certeza de que está tudo certo com o trem — você diz. — Não há dúvida de que o cinto de segurança daquele garoto tinha algum problema, e os freios demoraram demais para fazer o vagão diminuir a velocidade. Vai saber o que mais não está funcionando!

Vá para a página 63.

10:39

— Era você que o segurança estava procurando — você comenta.

Taylor parece constrangido.

— Não sei do que você está falando.

— Quando eu estava embarcando no trem, um homem perguntou se o meu nome era Taylor. E ele não deve ser seu amigo, já que não sabia quem você era.

Taylor dá de ombros.

— Não tenho a mínima ideia de quem poderia ser. Então, para onde nós vamos? Montanha acima ou montanha abaixo?

Ele está tentando mudar de assunto.

— Por que você está sendo procurado? — você pergunta.

— Eu não sei, está bem? — ele retruca, jogando as mãos para o alto. — Eu só queria passar o dia andando de *snowboard* como uma pessoa normal. Isso é pedir demais?

— Como uma pessoa normal? Você não é normal?

— Claro que sou normal. É a minha família que...

Ele para de falar de forma abrupta, parece ter ficado sem jeito, então você resolve pegar leve. Afinal, sua família é meio esquisita também.

Quando você olha para baixo, vê um pedaço do cinto de segurança dele caído nos trilhos. Parece ter sido cortado com uma tesoura.

— Alguém cortou o seu cinto de segurança — você diz. — De propósito.

Ele desvia o olhar.

— Alguém está tentando... matar você? — você pergunta.

— Não, não! — ele diz. — Não é nada disso! Talvez... só me sequestrar mesmo.

— "Só" sequestrar? — sua cabeça começa a girar. — O que você falou sobre a sua família mesmo?

— Nada.

Você põe as mãos na cintura.

— Tudo bem — diz ele com um suspiro. — Vou te mostrar uma foto de uma prima minha de terceiro grau.

— De quem?

O que a foto de um parente distante esclareceria?

Ele saca uma moeda de um dólar australiano do bolso e mostra a figura de uma das faces.

É um retrato da rainha Elizabeth II.

— Está me dizendo que a rainha Elizabeth da Inglaterra é sua prima?

— De terceiro grau — esclarece Taylor. — Eu sou só o décimo oitavo na linha de sucessão ao trono.

Você reluta em acreditar, mas ele parece estar dizendo a verdade. Você esfrega os olhos.

— Por acaso você teria um telefone para ligarmos pedindo ajuda?

— Não tenho celular — diz Taylor. — Os empregados é que fazem os telefonemas para mim.

Você solta um grunhido. Ele acha que é da família real, e que cair de um trem em movimento foi divertido. Você está no meio do nada com um maluco.

Não seria melhor começar a descer a montanha e tentar voltar para a estação antes de congelar até a morte? Não dá para ver muita coisa no meio da nevasca, mas a estação não deve estar a muito mais de uma hora de caminhada, e basta seguir os trilhos. Ou seria melhor esperar ali, para o caso de o trem voltar?

Se você quiser descer a montanha, vá para a próxima página.
Se quiser ficar onde está, vá para a página 29.

15:22

— OK, Majestade — você diz. — Vamos descer a montanha e voltar para a estação, onde está quente.

Você começa a descer, mantendo-se afastado dos trilhos para o caso de o trem voltar em alta velocidade.

— Na verdade não sou rei, então "Majestade" não é um tratamento adequado — Taylor comenta, bem-humorado. — Pode me chamar de "Alteza".

Você revira os olhos.

— Claro, "Alteza".

— Mas se eu fosse um príncipe ou… cuidado!

Taylor agarra o capuz de sua jaqueta bem a tempo. Você sente seu corpo ser puxado para trás, para longe do precipício. A tempestade de neve está tão forte que você quase rola montanha abaixo. As encostas são muito íngremes, e há pedras afiadas no vale lá embaixo. Só de pensar em cair você sente o estômago revirar.

— Obrigado… — você diz, com a respiração acelerada.

Taylor levanta as sobrancelhas finas.

— … Alteza — você complementa.

Ele sorri.

— De nada. Podemos atravessar por ali.

Você caminha pelos trilhos do trem para atravessar o desfiladeiro. O terreno do outro lado é irregular e está coberto por uma fina camada de neve. É preciso avançar com cuidado: um tornozelo torcido o manteria preso ali em cima. Taylor não parece forte o suficiente para carregá-lo.

Ele ainda está tagarelando sobre como foi o máximo ter despencado do trem. Não parece preocupado com a possibilidade de sequestro. Talvez ele seja mesmo da família real e isso aconteça o tempo todo.

— Ainda bem que resolvi usar o meu traje de esqui — ele comenta. — Está um pouco frio aqui.

— Só um pouquinho — você responde, batendo os dentes.
— Além disso, se você não estivesse usando essa coisa, a gente poderia ter morrido na queda.

— Que caminhada mais longa! — ele reclama, ignorando você. — Quanto ainda falta até a estação?

Você encolhe os ombros.

— Não gosta de andar, é?

— Geralmente tenho um motorista. Se eu quiser andar, preciso estar acompanhado pelos meus guarda-costas.

— Claro, claro. Os seus guarda-costas estavam no trem?

— Um deles estava sentado ao meu lado — Taylor explica —, e o segundo, do outro lado do corredor.

— *A-hã...* — você lembra que o homem sentado ao lado de Taylor tentou agarrá-lo e impedir sua queda. Será possível que ele esteja dizendo a verdade?

— Ei! — Taylor para de repente. — Você ouviu isso?

Você escuta um zumbido ao longe. A princípio pensa que o trem está voltando, mas percebe que o som vem de um ponto mais abaixo, na encosta da montanha.

— Um carro! — exclama Taylor. — Meu tio Myron está na cidade... Ele deve ter vindo me resgatar!

— Resgatar *a gente* — você corrige.

— Claro! — Taylor fica sem graça. — Foi isso que eu quis dizer.

O carro aparece, avançando em sua direção pelos trilhos do trem. É um jipe enorme, de tração nas quatro rodas, todo branco para camuflar-se na neve.

Provavelmente eles ainda não viram vocês. Você segura Taylor pelo braço.

— E se não for o seu tio? E se for o pessoal que tentou sequestrar você?

— Que ideia absurda! — responde Taylor. — É claro que é ele, acompanhado de seus seguranças particulares.

Se você quiser confiar em Taylor e ficar onde está, vá para a página 31.
Se preferir arrastá-lo para trás da árvore mais próxima, vá para a página 33.

15:22

— Vamos ficar aqui — você diz. — O trem vai voltar a qualquer momento. Se descermos a montanha, vamos congelar antes de sermos encontrados.

— Vamos congelar de qualquer jeito — argumenta Taylor. — Não tem muito lugar para alguém se abrigar aqui.

Você olha ao redor. Ele tem razão. A brisa fria varre o ambiente estéril da montanha antes de chegar até você. As árvores desfolhadas estremecem. Até as nuvens parecem cristalinas, como algodão-doce.

— O que foi que você disse? — Taylor pergunta.

— Eu não disse nada.

— Você soltou uma espécie de rosnado.

Você cerra os dentes.

— Eu não fiz barulho nenhum.

— Então quem foi que fez?

Você olha ao redor e só vê rochas e neve, não consegue enxergar nada nem ninguém. O que poderia viver ali em cima?

— Talvez eu tenha imaginado... — Taylor começa a dizer, mas o barulho o interrompe. Dessa vez você escuta também.

Rrrrrrrrrrr.

— Pode ser um cachorro perdido — você diz.

— A casa mais próxima daqui fica a vários quilômetros. Quem perderia um cachorro aqui em cima?

— Ele pode ter se soltado de um trenó.

O rosnado, ou o que quer que fosse, para. O único ruído audível é o uivo do vento.

— Deve estar ali — Taylor diz, apontando para uns arbustos distantes, aglomerados em um rochedo. — É o único lugar onde é possível se esconder. Eu vou lá olhar.

Ele vai caminhando pela lama em direção às pedras.

— Está maluco? — você questiona. — Por que você iria atrás de um cachorro selvagem que está rosnando para a gente?

— Eu levo jeito com cachorros — ele responde, olhando por cima do ombro. — A minha prima de terceiro grau tem vários.

— Ela tem cachorrinhos de *madame*! — você diz aos berros, mas ele o ignora. Você pensa em continuar argumentando, mas não quer muita gritaria. Isso pode provocar uma avalanche.

Se você quiser seguir Taylor até os arbustos, vá para a página 56.
Se quiser continuar perto dos trilhos, vá para a página 79.

11:05

O jipe diminui a velocidade quando se aproxima de você e de Taylor. O veículo chega bem perto antes de parar, tão perto que você precisa dar um passo atrás.

Depois de uma pequena pausa em que nada acontece, a janela do lado do passageiro se abre. Vemos então uma cabeça. Tufos de cabelos brancos aparecem sob um boné de golfe marrom. Um queixo cuidadosamente barbeado se mexe freneticamente.

— Taylor, meu garoto! O que está fazendo aqui?

Mas o homem não parece surpreso ao ver o sobrinho entre os trilhos do trem.

— Tio Myron! — grita Taylor, correndo na direção do jipe.

Você vai atrás, praguejando contra a própria paranoia. E se você tivesse obrigado Taylor a se esconder? Poderiam acabar os dois morrendo congelados. Por outro lado, alguma coisa o incomoda, mas você não sabe bem o quê.

— Entre aqui antes que acabe pegando um resfriado! — Myron grita. Sua cabeça desaparece quando a janela é fechada.

A porta do outro lado se abre, e o motorista desce. É um brutamontes musculoso metido em um terno apertado. Tem feições de homem das cavernas e orelhas proeminentes.

— Olá, Derek — Taylor cumprimenta.

O motorista não responde. Ele abre uma das portas traseiras e faz um sinal para que vocês dois entrem.

— Taylor — você diz.

Ele para, já com um pé dentro do jipe.

— O que foi?

— Se estivessem tentando sequestrar você, por que sabotariam o seu cinto de segurança? Você poderia ter morrido, e assim não haveria resgate.

O motorista aperta os olhos.

Taylor fixa os olhos em você.

— Você está querendo saber como os sequestradores pretendiam ganhar dinheiro? Qual é o seu problema?

Ele entra no jipe. Você faz o mesmo. O motorista fecha a porta.

O interior do veículo é dividido em duas seções. Uma para o motorista, outra para os passageiros. Um painel de vidro separa as duas partes. O compartimento dos passageiros é luxuoso, com estofamento de couro e um frigobar. Uma mochila de lona está enfiada sob um dos assentos, com o zíper entreaberto. Pela abertura você consegue ver um celular.

O seu está quebrado, e você ainda não confia totalmente no "tio Myron". Talvez seja bom pegar aquele celular emprestado... ele pode ser útil para pedir ajuda mais tarde.

Myron tinha decidido ir na parte da frente, junto com o motorista. Ninguém está olhando na sua direção. Taylor está remexendo as garrafas no frigobar.

Você enfia a mão na mochila e pega o celular ou deixa o aparelho onde está? Faça sua escolha e vá para a página 35.

11:05

Você arrasta Taylor até os arbustos espinhosos que cercam uma árvore ali perto. Ele grita com você e tenta se soltar, mas, quando consegue, o veículo já passou.

— Tio Myron! — Taylor grita, agitando os braços. — Espere!

O jipe não para. Continua rugindo montanha acima, deixando você e Taylor sozinhos, expostos a um vento congelante. Você ouve um rugido distante, o mesmo que tinha escutado na estação. O motor do jipe, talvez?

— Que maravilha! — comenta Taylor. — O que a gente faz agora, gênio?

Você não sabe ao certo o que fazer a essa altura.

— A gente continua descendo a montanha — você diz. — Até a estação.

— E se morrermos de hipotermia antes de chegar lá?

Você não responde. Acabou de ver um objeto semienterrado na neve. Ou melhor, dois objetos: um dos dormentes de madeira da ferrovia se partiu em dois pedaços, que ficaram abandonados ao lado dos trilhos.

Você pega os dois pedaços de madeira. Eles não são muito pesados, os anos e anos de clima severo devem tê-los desgastado bastante, mas ainda parecem ser bem resistentes.

— Tive uma ideia — você anuncia. — Talvez a gente possa...

Um outro rugido interrompe você. Desta vez, vai ficando cada vez mais alto, fazendo estremecer a terra sob os seus pés.

— O que é isso? — Taylor grita.

BUM! O cume da montanha explode atrás de você. Rochas e cinzas são lançadas para cima, escurecendo o céu. Lascas de pedra começam a chover sobre vocês. O Monte da Morte é um vulcão!

— Corre! — você grita, mas Taylor já disparou montanha abaixo. Você vai logo atrás. Já não está frio. Um calor mortal se eleva logo atrás de vocês. Um rio de neve derretida corre ao seu lado. Seu coração está disparado.

Você poderia correr mais depressa se deixasse os pedaços de madeira por lá, mas em algum momento eles podem ser úteis.

Você leva as tábuas ou as larga para trás?
Faça sua escolha e vá para a página 44.

07:34

Alguns segundos depois, Taylor se volta, com duas garrafas nas mãos.

— Quer uma água ou um suco? — ele oferece.

— Valeu — você diz. — Uma água, por favor.

Ele passa a garrafa e se recosta no assento. Em seguida afivela o cinto com todo o cuidado, verificando se não há nenhuma peça danificada. Você faz o mesmo e bebe a água. Está gelada, porque acabou de sair do frigobar. Seria melhor se tivesse alguma coisa quente. Será que tem um micro-ondas aqui? Pouco provável.

O jipe começa a rugir montanha acima de novo. Os pneus são tão grandes que você não sente os solavancos do trajeto, embora o veículo esteja trafegando pelos trilhos do trem.

— Por que estamos subindo? — você pergunta. — Não devíamos voltar para a estação?

Taylor olha para você como se estivesse diante de alguém que perdeu o juízo.

— A minha prancha de *snowboard* está no trem! Precisamos subir para eu poder descer a montanha.

— Já não foi muita emoção para um dia só? — você pergunta.

Ele brande o punho fechado no ar.

— Nunca.

Um membro da realeza viciado em adrenalina. Agora você já viu de tudo. Você se vira para a janela de vidro grosso.

O jipe está prestes a atravessar o gigantesco desfiladeiro, o que é bem menos assustador de carro.

Taylor bate no painel que separa vocês do compartimento do motorista. O vidro desce com um zumbido.

— Tudo bem aí, amigão? — o tio Myron pergunta.

— Eu queria saber se falta muito para a gente chegar lá em cima — Taylor diz.

— Vamos chegar lá daqui a pouco, não se preocupe.

— Você deve estar se perguntando por que a gente não está no trem — você diz.

Myron assente com a cabeça.

— Eu ia perguntar justamente isso.

— A gente caiu do trem em movimento! — Taylor conta. — Foi incrível.

— Acho melhor ligar para alguém na estação e avisar que estamos bem — você sugere.

— Ah, nós já fizemos isso — Myron avisa. — Eles ficaram aliviadíssimos.

— Mas eles não avisaram vocês sobre o que tinha acontecido? — você pergunta.

Myron muda de assunto.

— Vocês estão bem aquecidos aí atrás?

— Está tudo ótimo, obrigado — Taylor responde.

Você começa a ter um mau pressentimento em relação àquilo tudo.

— Vocês são mesmo da família real?

— Sim — responde Myron. — O décimo oitavo na linha de sucessão ao trono.

— Não, *eu* sou o décimo oitavo — protesta Taylor. — Você é o décimo nono.

— Claro, claro — Myron diz. Mas há um brilho sinistro em seus olhos.

O jipe diminui a velocidade bem ao lado da ravina.

— Por que estamos parando? — Taylor pergunta.

Se você pegou o celular antes, vá para a próxima página.
Se não pegou, vá para a página 40.

03:40

Mantendo o celular escondido de Taylor, de Myron e do motorista, você liga para o serviço de emergência e põe o aparelho de volta no bolso. Sua esperança é que os atendentes consigam rastrear sua localização.

Myron e o motorista descem do jipe. O motorista abre a porta do seu lado com sua mão enorme. Myron abre a de Taylor.

— Não façam isso — você pede.

— Isso o quê? — Myron pergunta. — Só quero mostrar ao meu sobrinho uma vista belíssima.

Myron desafivela o cinto de Taylor e o tira do carro. O motorista faz o mesmo com você.

Você se vê congelando na beira do precipício. Os flocos de neve caem sem parar na escuridão do abismo. A voz de Coruja ecoa na sua cabeça: "A montanha mais alta do mundo... considerando o tempo que você demora para atingir o chão se cair lá de cima".

— *Humm...* a vista é linda — Taylor diz. — Mas não dá para a gente voltar para o carro?

— Myron vai jogar você lá embaixo — você sussurra. — Para ficar em seu lugar na linha de sucessão ao trono!

Taylor dá risada.

— Que absurdo!

Myron e o motorista não riem.

— Isso é uma acusação bem séria — Myron diz.

— Você mandou sabotarem o cinto de segurança do Taylor — você continua. — E, como ele sobreviveu, vai jogá-lo no abismo, para fazer parecer que ele morreu quando caiu do trem.

— Você enlouqueceu! — Taylor diz para você. — Não é mesmo, tio Myron?

Myron se volta para o motorista.

— Jogue os dois lá para baixo.

O motorista grandalhão avança para cima de você. Taylor dá um grito. O motorista agarra você pela gola da blusa com uma das mãos e Taylor com a outra. Ele os arrasta para a beira do abismo...

Vá para a página 42.

03:40

— Eles vão nos matar! — você grita.

Taylor encara você com uma expressão de dúvida.

— O quê?

— Mas que bobagem! — Myron diz, levantando as sobrancelhas grisalhas.

— Você não está vendo? Não houve tentativa de sequestro nenhuma! Foi Myron que sabotou o seu cinto de segurança. Se você morrer, ele fica um passo mais perto do trono.

— Isso é loucura! — retruca Taylor. — Tio Myron...

Mas Myron já está levantando o painel de vidro de novo. Ele e o motorista descem do jipe e fecham a porta.

Todas as trancas se fecham.

— Aonde eles estão indo? — Taylor pergunta.

E então o jipe começa a deslizar para trás.

Você desafivela o cinto de segurança e puxa a maçaneta da porta, mas ela está trancada. Você não tem como sair!

— Myron! — Taylor grita. — Estamos presos aqui!

O jipe vai ganhando velocidade. Você começa a passar mal. Buscando a mochila no chão, você pega o celular e liga para o serviço de emergência...

Só que é tarde demais. O jipe mergulha de traseira, e de repente você se dá conta de que o veículo está caindo no abismo!

— *Nãããããão!* — você grita enquanto o jipe se precipita na direção das pedras afiadas lá embaixo...

FIM.

Para tentar de novo, volte para a página 26.

00:45

— Eu estou com o seu celular! — você grita.

Todos ficam imóveis.

Myron parece estar achando aquilo divertido.

— O quê?

Você tira o aparelho do bolso e o levanta no ar.

— Estou com o seu celular e liguei para o serviço de emergência, e eles ouviram a conversa inteira, então você não pode jogar a gente no abismo, porque a polícia vai saber quem foi — você se apressa em dizer.

— Passe isso para cá! — Myron ordena.

O motorista tenta pegar o telefone. Você mantém o aparelho longe de seu alcance.

— Mas, se você soltar a gente, todos acharão que tudo não passou de uma brincadeira — você diz.

Myron e o motorista trocam olhares.

Ouve-se então um ruído ao longe. Você vê um helicóptero sobrevoando a montanha, com o holofote à procura de algo no meio da neblina. Provavelmente foi chamado pelo condutor do trem, mas Myron não sabe disso. Pode achar que é a polícia.

— Hora de decidir — você pressiona Myron. — Vocês querem ir para a cadeia ou não?

Myron lança a você um olhar raivoso e demorado.

— Pode soltar os dois — ele enfim diz ao motorista.

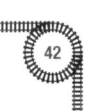

— Sim, Alteza — o motorista larga sua blusa.

— Não acredito que você ia fazer isso comigo! — Taylor grita para Myron.

— Fazer o quê? — Myron sorri. — Tudo não passou de uma grande brincadeira.

00:00

Você sobreviveu! Há outras dez maneiras de escapar do perigo – tente descobri-las todas!

10:30

Você logo alcança Taylor. Ele está correndo pelos trilhos, aos berros. Provavelmente conseguiria correr mais depressa se economizasse fôlego, mas você está ofegante demais para dizer isso.

É difícil acreditar que apenas um minuto atrás você estava com medo de congelar até a morte. Agora está tudo fervilhando. Dá para sentir a lava chegando cada vez mais perto. Quando arrisca uma olhada por cima do ombro, já consegue ver ao longe um rio borbulhante de pedras alaranjadas descendo pelo Monte da Morte na sua direção. O vapor e as cinzas transformam o ar em uma névoa tóxica.

— A gente vai morrer! — Taylor grita. — A gente vai morrer!

— Ali! — você grita, apontando.

Não muito longe dos trilhos é possível ver uma sombra em uma parede de rocha. Quanto mais se aproxima, maior a certeza: é a entrada de uma caverna. Um lugar para se proteger da lava.

Mas, enquanto corre e chega cada vez mais perto, você começa a se preocupar. E se a profundidade não for suficiente? E se a caverna for profunda demais e tiver mais lava lá dentro? Talvez seja melhor continuar correndo pelos trilhos.

Taylor viu a caverna também.

— Vamos lá para dentro? — ele grita em meio aos tremores da montanha.

Se você quiser entrar na caverna, vá para a próxima página.
Se preferir continuar correndo montanha abaixo, vá para a página 46.

10:01

Você se afasta dos trilhos e corre na direção da sombra, torcendo desesperadamente para que seja uma caverna, e não só uma depressão na lateral da rocha. Taylor vem logo atrás, praguejando e ofegando. O calor da lava faz sua pele arder sob as roupas.

Você alcança a sombra, continua correndo e mergulha na escuridão da caverna. Sim! É muito profunda. Profunda e fresca. Não há lava nenhuma borbulhando lá dentro. Com sorte, o fluxo que vem descendo do lado de fora vai passar direto pela entrada.

Você está correndo na escuridão, com os braços esticados, quando de repente bate em uma parede. Taylor se choca contra você.

— Continue indo em frente! — ele diz.

— Não dá! — você responde. — Não tem mais nada daqui para a frente.

A caverna termina ali. Não há mais nenhum lugar aonde ir.

— Não! — grita Taylor. — A lava está logo atrás de nós!

— O quê? — você olha para trás e percebe o brilho alaranjado. Dá para sentir o calor. A lava está entrando na caverna, como se estivesse em seu encalço.

— O que vamos fazer? — grita Taylor.

Mais cedo, você decidiu levar as duas partes do dormente da ferrovia?
Se tiver levado, vá para a página 47.
Se tiver largado, vá para a página 48.

10:01

— Esqueça a caverna! — você grita. — Continue correndo!

Você corre desesperadamente montanha abaixo, mais rápido do que nunca. Pedaços de pedras passam zunindo junto aos seus ouvidos, como projéteis de armas de fogo. A lava não alcançou você, mas os trilhos estão em brasa. É como se estivesse correndo em cima de uma chapa quente.

Você arrisca uma espiada por cima do ombro. O topo da montanha desapareceu, e os destroços do cume estão quase invisíveis no meio da fumaça. A lava está bem perto, descendo a encosta na sua direção. Mas o seu verdadeiro problema são as cinzas, que caem do céu como plumas de corvos.

Na escola você teve uma aula sobre Pompeia, uma antiga cidade do Império Romano. Quando um vulcão entrou em erupção perto de Pompeia, não foi a lava que matou todo mundo, foram as cinzas, que enterraram vivas milhares de pessoas.

— Não estou conseguindo respirar! — Taylor grita. O rosto dele está preto de fuligem. — Precisamos sair dessa nuvem de cinzas!

Mais cedo, você decidiu levar as duas partes do dormente da ferrovia?
Se tiver levado, vá para a página 49.
Se tiver largado, vá para a página 51.

08:13

As paredes da caverna não são lisinhas. Há rachaduras na superfície rochosa. Você joga uma metade do dormente para Taylor.

— Ajude-me aqui!
— O que você está fazendo?
— Salvando a nossa vida.

Você enfia uma ponta do dormente em uma rachadura. Taylor entende o que você está fazendo. Ele o imita, e vocês dois começam a puxar com toda a força.

O dormente faz as enormes rochas se mexerem. Elas tombam ruidosamente para dentro da caverna, bloqueando o caminho da lava. Quando os ecos silenciam, você não ouve mais a erupção. As pedras bloquearam todo o ruído do mundo exterior.

— Finalmente! — você diz. — Estamos salvos!
— Salvos? — questiona Taylor. — Estamos presos!

Então você se dá conta: ele tem razão. As pedras caídas podiam até manter a lava do lado de fora, mas também mantêm vocês do lado de dentro! Vocês não têm telefone nem ferramentas para escavar. A lava já está esfriando, transformando-se em rocha sólida.

Você e Taylor estão soterrados – para sempre!

FIM.

Para tentar de novo, volte para a página 33.

08:13

Vocês não têm os pedaços do dormente para ajudá-los, mas as paredes não são lisas e perfeitas. Dá para ver diversas rachaduras que podem servir de apoio para as mãos e para os pés.

— Suba! — você grita. — Vamos, vamos, ande logo!

Taylor escala a parede feito um gambá subindo em uma árvore. Você vai atrás, sentindo os dedos doerem contra a pedra quente e as solas dos pés queimando.

O teto não é alto. Logo vocês vão estar pressionados contra ele, pois a lava continua invadindo a caverna logo abaixo.

— E agora? — Taylor questiona.

— Sei lá! Estou pensando.

Mas não há mais tempo. O ar arde à sua volta. Está quente demais para respirar. Logo você começa a se sentir como um frango no forno. E então uma bolha estoura na lava logo abaixo, lançando uma bola de fogo...

FIM.

Para tentar de novo, volte para a página 33.

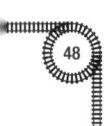

07:52

— Segure isto aqui! — você grita, jogando metade do dormente para Taylor.

Ele o agarra no ar.

— Para quê?

— *Snowboard!* — dá para usar metade de um dormente de ferrovia como uma prancha de *snowboard*? Você espera que sim.

— Mas não tem neve! — Taylor grita.

Você olha para baixo. Ele tem razão. A neve derreteu com o calor da lava, deixando apenas uma lama de água e cinzas.

— Vá pelos trilhos! — você berra.

Sem esperar pela resposta dele, você salta. Em pleno ar, segura a madeira contra os pés e aterrissa de lado sobre um dos trilhos. E de repente se vê deslizando montanha abaixo como um skatista profissional em um corrimão.

Taylor entende a ideia imediatamente. Ele pula sobre a madeira com facilidade e ultrapassa você no outro trilho, com os braços estendidos para se equilibrar.

— *U-hu!* — ele grita, descendo a montanha em altíssima velocidade.

Você sabe como ele está se sentindo. Apesar do perigo, aquilo é emocionante: o vento batendo no rosto, o calor às suas costas, as batidas aceleradas do seu coração enquanto você foge de uma nuvem de cinzas vulcânicas com sua prancha improvisada de *snowboard*.

Há tanta fumaça no ar que você leva algum tempo para perceber que uma parte está vindo de baixo. Quando você olha, percebe que sua prancha está cuspindo faíscas. O atrito contra os trilhos quentes está queimando a madeira.

— Taylor! — você grita. — A minha prancha está pegando fogo!

Vá para a página 52.

07:52

— Continue correndo! — você grita, mas não sabe se Taylor está ouvindo.

A nuvem de cinzas está descendo e se tornando cada vez mais espessa, impregnando o ar com flocos pretos. Mesmo sem carregar o peso extra do dormente de ferrovia, você não tem como escapar.

Você não consegue ver Taylor. O mundo todo ficou preto.

— Taylor? — você berra.

Não há nenhuma resposta além do trovejar da montanha.

Agora você não está exatamente correndo, mas nadando em meio à nuvem de cinzas. Os flocos fazem sua pele arder e queimam o interior das suas narinas. Você não está conseguindo respirar. Não está conseguindo respirar!

Seus membros amolecem, e você cai em um sono sem sonhos, para nunca mais acordar.

FIM.

Para tentar de novo, volte para a página 33.

05:30

Taylor está longe demais para conseguir escutar. Está indo em disparada em direção à...

... Estação de trem. Vocês estão quase na base da montanha! É possível ver o céu azul acima de sua cabeça; vocês estão fora da nuvem de cinzas.

Alguma coisa buzina logo atrás de você. Parece o som de um apito de navio. Você olha em volta e vê o trem descendo a montanha na sua direção.

Eles devem ter decidido voltar quando você e Taylor caíram. Agora o trem está em velocidade máxima, tentando escapar da lava.

Você se joga da prancha e aterrissa na lama ao lado dos trilhos. Está longe do perigo, mas isso não basta. Sua prancha ficou atravessada bem no caminho do trem. Se as rodas a acertarem, ele pode descarrilar. Coruja e todos a bordo estão em perigo.

Você se arrasta pela lama até a prancha, com o trem cada vez mais perto. O rugido das rodas gigantescas é ensurdecedor, elas estão pertíssimo. Se você tentar pegá-la, pode acabar ficando sem a mão.

Se você quiser tentar tirar a prancha do caminho do trem, vá para a próxima página.
Se quiser rastejar até um ponto mais seguro, vá para a página 55.

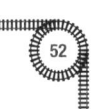

02:25

Você pega a prancha e a puxa. Mas a madeira está presa entre os trilhos.

— Não! — você grita, com o trem cada vez mais próximo.

Você puxa com mais força; a adrenalina pulsa em suas veias.

Pronto! A prancha se solta dos trilhos. Você tomba para trás bem no momento em que o trem passa a toda velocidade, com os freios apitando. Você levanta aos tropeções, tossindo fuligem, e continua sua descida até a estação.

Quando o trem chega, Taylor já subiu na plataforma. Dois homens de ombros largos, cabelos curtos ao estilo militar e vestindo ternos pretos saem do vagão e o cercam, como se Taylor fosse o presidente dos Estados Unidos e eles fossem do serviço secreto. Um deles está sussurrando junto ao punho do paletó, talvez falando por meio de um rádio escondido.

Devem ser os seus guarda-costas. Taylor estava dizendo a verdade, no fim das contas.

Você sobe na plataforma no momento em que Coruja sai do trem.

— Coruja! — você grita.

Ela se vira e fica boquiaberta. Só então você se dá conta de que o seu corpo está coberto de cinzas, lama e lascas do dormente da ferrovia.

Coruja o abraça mesmo assim.

— O que foi que aconteceu? — ela quer saber.

— Eu conto no caminho de casa — você responde. — Vamos sair daqui. No próximo feriado, que tal irmos à praia?

00:00

Você sobreviveu! Há outras dez maneiras de escapar do perigo – tente descobri-las todas!

02:25

Você pula para trás bem a tempo. As rodas gigantescas do trem não arrancam sua mão. Mas quando atingem a prancha, escapam dos trilhos e aterrissam na lama.

O trem para e geme como um dragão moribundo, começando a tombar, com o motor rugindo, o metal rangendo e as rodas girando em falso no chão. Tarde demais, você percebe que a composição vai descarrilar...

E que vai cair bem em cima de você!

Com movimentos descoordenados, você tenta sair do caminho, mas o trem está caindo bem depressa. Cem toneladas de aço bloqueiam a luz do sol quando o trem tomba.

A última coisa que você vê é o rosto apavorado de Coruja na janela.

Plaft!

FIM.

Para tentar de novo, volte para a página 33.

13:11

— Taylor! Espere!

Ele vai em direção aos arbustos, e você o segue, andando com dificuldade sobre o gelo. Taylor já estava tocando as folhas cobertas de gelo, afastando-as para o lado.

— Vem cá, cachorrinho! — ele chama em um tom meio cantante. — Aqui, cachorrinho! Aqui, cachorrinho!

Mas não há cachorro nenhum. Em vez disso, quando ele afasta os galhos, vê-se uma abertura em uma rocha logo atrás. É uma caverna – mas olhando melhor dá para ver que não, pois há trilhos lá dentro e suportes de madeira segurando o teto. É o túnel de acesso a uma mina. Deve ter sido abandonada anos atrás, tempo suficiente para aqueles arbustos crescerem na entrada.

— Uau! Que máximo! — Taylor comenta.

Mas você não acha o máximo. Para você, parece um ótimo lugar para cair em algum buraco e quebrar o pescoço.

— Vamos entrar — sugere Taylor.

— Não vamos entrar coisa nenhuma — você responde. — E se o trem voltar e eles não nos encontrarem?

— E se nós morrermos congelados antes de o trem chegar? É melhor sair do vento, pelo menos por um tempo.

Você observa a penumbra do interior da mina. Não parece ser um lugar quente, mas você sabe que Taylor tem razão. Aquele vento é de matar.

— Tudo bem — você responde por fim. — Mas fique atento. A gente precisa ouvir o trem chegando, certo?

— Relaxe. Eles sabem onde nós caímos. Vão nos procurar.

Você não se convence assim tão facilmente. Talvez seja bom espalhar os cacos do seu celular espatifado na entrada da mina. Eles refletem a luz. Quem sabe podem ser vistos de dentro do trem.

Por outro lado, os cacos também são afiados. Alguém pode pisar neles e se machucar. Mas por que alguém andaria descalço ali?

Você espalha os cacos do seu celular na neve ou os deixa no bolso?
Faça sua escolha e vá para a página 60.

09:29

O condutor espera até todos se sentarem antes de fazer o anúncio pelos alto-falantes:

— *Muito bem, apertem os cintos, pessoal. Vamos subir até o topo do Monte da Morte e usar o equipamento de rádio para pedir ajuda.*

Você se pergunta se ele chegou a essa decisão sozinho ou se por influência sua.

— Bom, você conseguiu que as coisas saíssem do seu jeito — diz Coruja. Ela não diz: "Espero que seja a decisão certa", mas dá para ver que é isso que ela está pensando.

Você não responde. Esse é o problema das críticas que não são verbalizadas: não temos como rebatê-las.

— *Peço que todos se recostem nos assentos* — o condutor continua. — *Vamos subir em velocidade máxima.*

Você apoia a cabeça na poltrona na hora certa. O trem se lança para a frente como uma bala atirada por um canhão. A velocidade é muito maior do que antes; o seu corpo todo é comprimido contra o assento. Você sente uma pressão dolorosa na cabeça, como se o seu cérebro estivesse sendo pressionado contra as paredes do crânio.

— *U-huuuuu!* — Coruja grita.

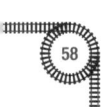

Pelo menos ela está se divertindo. Você se volta para olhá-la e se arrepende na hora. A força sobre o seu pescoço é gigantesca, e as árvores estão passando com tanta velocidade pela janela que você sente o estômago revirar.

Você está quase vomitando em cima de Coruja quando a velocidade do trem começa a diminuir. As rodas giram cada vez mais devagar, e a pressão dentro de sua cabeça diminui. Será possível que vocês já tenham chegado ao topo?

O condutor parece ler a sua mente.

— *Bem-vindos ao cume do Monte da Morte* — ele anuncia.

Vá para a página 134.

11:11

Quando você se abaixa para seguir Taylor pelo túnel da mina, vê que ele vai mergulhando cada vez mais na escuridão.

— Aonde você está indo? — você sussurra.

— Por que você está sussurrando? — ele pergunta. — Não tem ninguém aqui. O nosso problema é justamente esse. *Alôôôô?*

A voz dele reverbera pela escuridão da mina.

Você pede para ele se calar.

— É melhor ficarmos perto da entrada.

— Mas olhe só este lugar! — ele faz um gesto com o braço. — Por que você não quer explorá-lo?

Um rosnado ecoa na penumbra, muito mais alto do que antes. Parece até o ruído de um cortador de grama.

— É por isso! — você murmura.

Taylor fica pálido.

— De onde está vindo isso?

É difícil determinar. O cachorro, ou o que quer que seja, pode estar no fundo do poço da mina. Ou pode estar escondido nos arbustos logo ali na entrada.

Para onde vocês devem ir?

Se vocês quiserem ir em frente pelo túnel, vá para a página 140.
Se quiserem voltar para a entrada, vá para a página 141.

08:24

Enquanto o urso puxa Taylor para sua bocarra assustadora, você corre na direção dele, sacudindo os braços.

— Solte ele! — você grita.

Não existe nenhuma razão para você acreditar que o urso entende suas palavras, mas a gritaria parece surtir efeito. A criatura lança um olhar confuso para você e larga Taylor. Ele atinge o chão com um baque surdo, choramingando.

— Agora vá embora daqui! — você berra.

O urso não obedece. Em vez disso, avança contra você, abrindo a boca negra e revelando os dentes afiados. O hálito quente e malcheiroso da fera atinge você.

— Não!

Você se vira para fugir, mas é tarde demais. O urso o pega e esmaga seu tornozelo com uma garra poderosa. Você cai de cara na terra. Seu nariz começa a arder, e o urso o arrasta para a escuridão do poço da mina.

Se você espalhou os cacos do seu celular na entrada da mina, vá para a página 65.
Se não fez isso, vá para a página 67.

08:24

Você corre para a saída, deixando Taylor entregue à própria sorte. Os gritos dele fazem você se sentir muito mal...

Mas não por muito tempo. Você ouve um baque surdo. Quando se vira, vê que o urso largou Taylor. O bicho se distraiu com sua correria, e agora vem atrás de você!

Você está espiando por cima do ombro em vez de olhar por onde está indo. Acaba tropeçando nos trilhos da mina e leva um tremendo tombo, ralando a palma das mãos no chão.

O impacto dos passos do urso ecoa pelo túnel à medida que ele se aproxima. Você consegue ficar de pé com movimentos rápidos bem no momento em que o urso tenta pegar seu pé...

O bicho só consegue alcançar seu sapato. As garras deixam arranhões dolorosos em seu tornozelo quando você escapa e dispara em direção à luz do dia, com um dos pés descalço. Os arbustos estão logo ali. Depois de passar por eles você estará livre.

Se você espalhou os cacos do seu celular na entrada, vá para a página 68.
Se não fez isso, vá para a página 69.

19:09

Você sai do trem e se vê sobre a neve fresca ao lado dos trilhos. O vento diminuiu, e o silêncio é inacreditável. Só nesse momento você percebe como é barulhento o lugar onde mora – o trânsito, os gritos dos vizinhos, os pássaros.

Coruja bate os pés no gelo.

— Quanto tempo vamos ficar parados aqui? — ela pergunta.

— Não sei... — você vê o condutor ajoelhado na frente do vagão, mexendo em alguma coisa na parte de baixo do trem. — Vamos lá perguntar.

O condutor está resmungando consigo mesmo quando você chega.

— Mangueira do reservatório... OK. Sistema secundário... OK. Circuito de controle...

— Com licença — você diz.

Ele tem um sobressalto e bate a cabeça na parte inferior do vagão.

— É melhor vocês ficarem lá atrás — ele avisa. — O motor pode pegar fogo.

— Qual é a chance de isso acontecer?

— Quase nenhuma — ele admite. — O que vocês querem?

— A gente quer saber quanto tempo o trem vai ficar aqui parado.

— Uns cinco minutos, talvez. A verdadeira pergunta é: em que direção seguir?

— Nós não vamos descer? — Coruja pergunta. — Para encontrar o garoto que caiu?

— Poderíamos fazer isso, mas ele pode estar inconsciente — argumenta o condutor. — Seria preciso ir muito devagar para não correr o risco de atropelar o garoto. Seria mais rápido seguir até o alto da montanha e pedir ajuda pelo rádio. Assim, um carro com tração nas quatro rodas poderá subir para encontrá-lo.

O condutor morde os lábios. Parece triste, talvez decepcionado pelo fato de sua primeira viagem ter dado tão errado.

— O trem não tem rádio? — você pergunta.

— Só um de curto alcance, e estamos alto demais para usá-lo — ele explica.

— Eu tenho um celular — você oferece.

Foi a única coisa que você trouxe no passeio, além de sua bússola.

Ele sacode negativamente a cabeça.

— A torre de transmissão mais próxima fica na outra face do Monte da Morte. Fique à vontade para tentar, mas a montanha acaba bloqueando o sinal aqui em cima.

Você pega o celular. E, de fato, o aviso aparece na tela: "SEM SINAL DE REDE".

Você vai tentar convencer o condutor a subir ou a descer a montanha?
Faça sua escolha e vá para a página 136.

03:03

O urso arrasta você cada vez mais para o fundo de sua toca. Você tenta se agarrar ao chão, mas não há como se libertar. O animal é forte demais.

O poço da mina está repleto de ossos velhos. As costelas de um cão aqui, a carcaça de uma ave ali... e aquilo é um crânio humano?

O urso para. Aquele lugar deve ser a sala de jantar. Com as garras cravadas em sua blusa, o animal puxa você para sua boca de dentes afiados. Você grita ao ver a aproximação daquelas presas amarelas...

Zap!

O urso fica todo tenso, com os olhos arregalados. As garras imensas apertam você com tanta força que o machucam. Você ouve um estalido, e o urso tomba para trás, como uma cadeira com a perna quebrada. Ele atinge o chão com um baque poderoso, prendendo você sob uma das patas da frente.

O que foi que aconteceu? Por um instante de loucura, você chega a achar que o urso era falso, como um robô cujo *software* acabou de travar ou algo assim.

Então você escuta as vozes:

— Ele caiu, ele caiu.
— Você o acertou?
— Acertei. Vamos entrar.

Dois seguranças aparecem em seu campo de visão. Você reconhece um deles – a bilheteira de nariz comprido e fino do trem. Ela está segurando uma pistola de choque. Deve ter eletrocutado o urso. Caso seus pés estivessem tocando o chão, você também teria recebido a descarga elétrica.

— Nossa! — ela diz. — Vamos chamar o zoológico. Eles vão adorar ter um espécime como esse... Ei! Tem alguém embaixo do bicho!

Você tenta gritar, mas a pata do urso expulsou todo o ar dos seus pulmões.

— Ajude-me aqui! — os dois seguranças afastam você do urso atordoado. — Está tudo bem aí? — a mulher pergunta.

Você assente com a cabeça.

— Valeu. Taylor está bem?

— Aquele garoto que estava com você? Sim, ele vai ficar bem. Está se esquentando e comendo lá no trem.

— Como vocês conseguiram nos achar?

A mulher franze a testa.

— Foi engraçado. Tinha um monte de cacos de vidro e plástico quebrados na entrada do túnel. Uma menina chamada Paige os viu da janela do trem.

Você sorri. Ao que parece, você salvou o dia – mas não sem uma ajudinha de Coruja.

00:00

Você sobreviveu! Há outras dez maneiras de escapar do perigo – tente descobri-las todas!

03:03

É impossível escapar das garras poderosas do urso. Por mais que você se esforce, para ele não faz a menor diferença. O cascalho arranha as palmas das suas mãos e seus joelhos. Um cheiro horrível empesta o ar. Pior que o hálito do urso... é cheiro de carne podre. O urso diminui a velocidade do avanço, e você tem a chance de olhar o corredor imerso na penumbra. Há manchas escuras nas paredes. O chão está repleto de carcaças de animais. Ossos velhos. De bichos que o urso trouxe para comer ali.

E agora ele vai devorar você!

— *Nããããão!*

Você grita e golpeia a pele grossa do urso. Mas é inútil. Sob aquela pelagem, ele parece feito de aço. O urso escancara as mandíbulas assustadoras e avança sobre você.

Nhac!

FIM.

Para tentar de novo, volte para a página 56.

04:41

Você abre caminho por entre os arbustos com as mãos, torcendo para que o trem esteja logo ali do lado de fora, para poder se esconder a bordo. O urso teria força para rasgar a lataria do vagão?

Não importa. Quando você emerge dos arbustos, o trem não está lá. Na encosta da montanha só há neve, pedras e os trilhos vazios.

O urso está logo atrás, em seu encalço. Você corre para longe da entrada do túnel na maior velocidade possível...

Mas um caco do seu celular espeta a sola do seu pé descalço.

— Ai!

Você cambaleia e cai de cara na neve. Como pode ter se esquecido do celular?

O urso solta um rugido. A tensão faz seus tímpanos latejarem. Você rola bem a tempo de ver o bicho dar um salto, como um cachorro gigante. Por uma fração de segundo, ele fica parado no ar, bloqueando a luz do sol, prestes a esmagar você com seu peso.

Você sequer tem tempo para gritar.

Bam!

FIM.

Para tentar de novo, volte para a página 56.

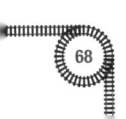

04:41

Você se arrasta pelos arbustos, sentindo os galhos arranhando-lhe os braços e o pé descalço, antes de sair cambaleando pela neve. Sua esperança era que o urso não quisesse sair da caverna, mas o bicho está fungando e rosnando logo atrás de você. Ele não vai desistir da perseguição.

Você corre pela neve em direção aos trilhos do trem. Há uma pequena pilha de pedras do outro lado. Se conseguir pegá-las, talvez consiga se defender.

Em geral é uma péssima ideia jogar pedras em um urso. Mas, de qualquer modo, ele está bravo com você, então as coisas não têm como piorar.

Você atravessa os trilhos para pegar as pedras. Mas quando está quase lá, seu pé descalço afunda em um buraco escondido pela neve.

— *Argh!* — você cai de cara no chão. Uma dor aguda sobe pela sua canela. Quando você se vira, vê o urso cruzando os trilhos em sua direção, com um sorriso faminto na cara peluda...

Bam!

O trem parece ter surgido do nada, acertando o urso e arremessando-o para longe. Os freios de emergência guincham alto, e o vagão para quase imediatamente, talvez por não estar indo muito depressa ou porque o urso o fez perder o embalo. O animal atinge o chão com um baque surdo e solta um grunhido de perplexidade.

As portas do vagão se abrem. Coruja desce e corre até você.

— Você sobreviveu!

— Minha perna está doendo! — você resmunga.

Mas ela tem razão. Você sobreviveu *mesmo*. Escapou da queda de um trem em alta velocidade e de um ataque de urso, tudo isso em trinta minutos.

Ao longe, você vê Taylor sair mancando da mina.

— Você salvou a minha vida! — ele grita.

Você se pergunta se ele sabe que foi por acidente.

Uma agente de segurança desce do trem, falando pelo rádio.

— Sim, os dois foram encontrados. Mas vamos precisar de um médico — ela diz, olhando para sua perna.

O urso solta outro grunhido.

— E de um veterinário — ela acrescenta.

00:00

Você sobreviveu! Há outras dez maneiras de escapar do perigo – tente descobri-las todas!

03:10

Você lança o cinto. Ele raspa a lateral do trem e...

Sim! Ele se engancha na extremidade de um degrau de embarque, logo abaixo das portas.

Mal dá tempo de comemorar. O vagão arranca seus pés do chão. Você se agarra desesperadamente ao cinto enquanto o trem segue montanha abaixo. Um vento congelante atinge seu rosto. Suas pernas penduradas deixam marcas na neve. Seus sapatos e suas calças caídas se enchem de gelo e terminam por se rasgar. Seus pés descalços ficam roxos em questão de segundos.

Mas está dando certo. O trem acelera, e a avalanche vai perdendo força e se desfazendo. Em pouco tempo, a parede branca mortal terá ficado para trás.

Porém existem mais perigos a caminho. Logo adiante, os trilhos deixam a parte coberta de neve da montanha e se embrenham nas planícies rochosas. Quando o trem chegar lá, você não vai conseguir continuar esquiando ao lado do veículo. As pedras quebrarão suas pernas.

O freio do trem guincha alto. Alguém deve ter visto você pendurado na lateral do vagão. Mas não vai ser possível parar a tempo de salvar sua vida.

Você larga o cinto. O trem arremessa você para longe, como um touro de rodeio. Você cai em um monte de neve ali perto. Os flocos não são tão macios quanto parecem – o impacto se faz sentir em todas as articulações do seu corpo.

Mas você consegue levantar a cabeça. Sua coluna está inteira.

Com grande barulho, o trem para junto às rochas. As portas se abrem com um chiado, e alguém corre na sua direção.

É Coruja.

— Ei! — ela grita. — Você está bem?

Você se vira de barriga para cima e solta um grunhido.

— Estou bem. Taylor, aquele garoto... ele está em uma caverna lá em cima. Alguém precisa ir até lá.

Coruja ajuda você a ficar de pé.

— Ele vai ser encontrado, não se preocupe.

Ela olha para os demais passageiros, que estão saindo do trem com expressão de perplexidade.

Você respira fundo. Não consegue acreditar que escapou com vida.

— Mas uma coisa eu tenho de perguntar — Coruja avisa. — Cadê a sua calça?

00:00

Você sobreviveu! Há outras dez maneiras de escapar do perigo – tente descobri-las todas!

09:29

— Certo — diz o condutor quando todos se sentam. – Eu fiz uma vistoria no trem, e parece estar tudo bem. Vamos descer a montanha, bem devagar, e tentar encontrar nosso passageiro perdido. Eu agradeceria se todos olhassem pelas janelas em busca de sinais dele.

O trem começa a deslizar montanha abaixo. É um tanto preocupante descer de ré em um terreno tão inclinado, mas pelo menos o condutor fez o que você sugeriu.

Coruja aperta os cintos.

— Ainda bem que estamos voltando — ela comenta —, mas é uma pena não ver o topo da montanha.

— Pode ser que a gente ainda veja — você diz. — Uma vez, quando fui ao cinema, o projetor quebrou, mas ganhamos ingressos para outra sessão.

— Você pegaria este trem de novo? Se eu ganhar outra passagem, vou vender na internet.

Você encolhe os ombros e olha pela janela, à procura do passageiro perdido. Um ruído vai se tornando cada vez mais alto. Você demora um tempo para reconhecê-lo. O helicóptero está de volta.

Você espia o céu pela janela. Não dá para vê-lo, mas deve estar perto. O som das hélices girando faz as paredes do trem estremecerem.

— Bandidos! — grita o condutor. — Apertem os cintos.

O trem acelera montanha abaixo. Parece um elevador que está descendo depressa demais.

— O que está acontecendo? — Coruja pergunta. — Não era para a gente ir devagar?

— Parece que ele está tentando fugir do helicóptero — você diz.

— Por quê? O que ele...

Alguma coisa se choca contra o teto do veículo, que se dobra para dentro. As luzes piscam e se apagam. O vagão se enche de gritos e começa a balançar de um lado para outro.

O helicóptero pousou em cima do trem!

A janela ao lado de Coruja explode, lançando sobre vocês uma chuva de pequenos cubos de vidro à prova de balas. No mesmo instante, uma janela estoura do outro lado do vagão. Ganchos metálicos entram pelas aberturas e se agarram à lataria.

— O que está acontecendo? — Coruja grita.

— Eles estão prendendo o trem ao helicóptero — você responde aos berros. — Para impedir que a gente escape.

— Mas quem são eles?

Se você quiser se afastar das janelas o mais depressa possível, vá para a página 82.
Se quiser continuar onde está e tentar remover o gancho metálico, vá para a página 85.

09:20

Você dispara montanha abaixo quando percebe a avalanche ganhando impulso logo acima. Mas, se já é difícil descer uma superfície tão inclinada em uma situação normal, fica ainda pior agora que o chão está tremendo. Os seus sapatos escorregam a todo momento nas pedras irregulares e em movimento constante.

Você vira a cabeça para observar a aproximação do paredão de gelo. Está cada vez mais perto, e não é só neve. É um *tsunami* cada vez maior de pedras e árvores, rolando montanha abaixo em sua direção...

E na do trem!

O trem está descendo pelos trilhos logo abaixo da avalanche, como um surfista pegando uma onda prestes a arrebentar. O motor ruge alto. A composição deve estar em sua velocidade máxima.

Você não pode escapar da avalanche, mas talvez o trem possa.

Você faz uma curva para o lado, correndo na direção dos trilhos.

— Ei! — você grita, agitando os braços. — Diminua a velocidade!

Seu pedido não é atendido. E não dá para subir a bordo com o trem em movimento. Mas talvez exista uma outra forma de garantir sua segurança.

Enquanto corre, você desafivela o cinto da calça, que começa a cair quase imediatamente. Os movimentos de suas pernas ficam bem restritos, como se elas estivessem acorrentadas, mas você está quase alcançando os trilhos. O trem está chegando ao ponto onde você está, com o paredão de neve logo atrás.

Você agarra as duas pontas do cinto e o dobra para formar um laço. Em seguida, lança o cinto na direção do trem, na esperança de que ele se enganche em alguma coisa, qualquer coisa.

Você tem cinquenta por cento de chance de conseguir.

Vá para a página 84...
ou para a página 71.

09:20

A cascata de gelo está cada vez mais perto. Bem a tempo, você dispara atrás de Taylor rumo à escuridão da caverna – a neve cai com um estrondo logo atrás, empilhando-se na frente da entrada. Se hesitasse por mais um segundo, agora seu corpo estaria soterrado.

— Está tudo bem? — você pergunta.

— Tudo — a respiração de Taylor está acelerada. — E com você?

Você assente.

— Mas nós estamos presos aqui!

— Nada disso — Taylor aponta para a entrada. — Veja só.

A neve não bloqueou completamente a boca da caverna. É possível ver o céu por uma pequena fresta na parte superior da entrada. O vento entra zunindo pelo buraco.

Vocês não vão morrer sufocados. Podem até escavar um túnel para sair. Você pega uma pedra para começar a abrir caminho na neve.

— Ai!

Você sente uma picada no dorso da mão. Abaixa a vista e vê uma aranha subindo pelo seu pulso, igual às que estavam no rosto de Taylor.

Mas, olhando mais de perto, percebe que não é uma aranha.

É um carrapato enorme!

Você dá um tapa no bicho, mas erra o alvo. Ele desaparece dentro da manga de sua blusa.

— Taylor! — você grita. — Tem um... ai! Outra picada, desta vez na sua perna. Você olha para baixo a tempo de ver mais dois carrapatos subindo pelas suas botas e entrando pelas pernas da sua calça.

— Ajude aqui! — você berra.

Mas as palavras não saem direito, porque sua língua está inchada.

Taylor está se coçando feito um desesperado, como se estivesse coberto de pó de mico. Manchas vermelhas começam a aparecer em seu rosto.

Os carrapatos picam suas coxas, sua barriga, seu pescoço. Dá para sentir as garrinhas dos bichos em todo o seu corpo.

Você corre para a parede de gelo e tenta rompê-la com a pedra, mas ela logo escorrega pelos seus dedos. Sua mão está roxa e inchada, com duas vezes o tamanho normal.

— Ai! — você resmunga. Sua visão fica borrada. Suas pernas perdem força. Você mal consegue sentir seu corpo atingir o chão.

Seu último pensamento vai para Coruja. Ela morreria de inveja se soubesse que você encontrou os lendários carrapatos.

FIM.

Para tentar de novo, volte para a página 29.

13:11

Você continua perto dos trilhos enquanto Taylor desaparece no meio dos arbustos. Em pouco tempo as folhas se imobilizam, e os ecos dos passos dele desaparecem, deixando você completamente só. É como se ele nunca tivesse existido.

Você olha para o alto da montanha. Nem sinal do trem. Quando se vira para o outro lado, também não vê ninguém subindo para resgatá-lo.

É assim que você vai morrer? Não em um acidente de carro ou em uma cama de hospital, mas em uma encosta congelada de montanha, esperando o primo de terceiro grau da rainha da Inglaterra voltar enquanto seu sangue se transforma em gelo?

Taylor já sumiu faz um tempão. Talvez a criatura que estava rugindo o tenha devorado. Mas com certeza isso faria barulho. Não há nada além de silêncio nos arbustos em que ele desapareceu.

— Taylor? — você chama.

Sua voz reverbera nas rochas distantes e volta na sua direção, cada vez em um volume mais baixo.

Não há resposta.

Você se afasta dos trilhos e anda rumo aos arbustos. Taylor pode estar precisando da sua ajuda. Pode ter tropeçado e desmaiado. Não dá para simplesmente abandoná-lo desse jeito.

Quando se aproxima dos arbustos, você acha que ouviu um barulho. Parece alguém, ou alguma coisa, com a respiração bem pesada.

— Taylor? — você chama de novo.

E não há resposta.

Com o coração batendo forte, você estende a mão e afasta os arbustos... revelando a existência de uma caverna. A entrada é tão estreita que os arbustos a escondem quase completamente.

O som da respiração cessa.

— Olá? — você chama.

Alguma coisa se move na escuridão, e então...

— *Bu!* — Taylor salta para fora da caverna, agitando os braços.

Você dá um berro. Não só por causa do susto, mas porque o rosto dele está cheio de aranhas.

— Você está coberto de aranhas! — você grita.

— O quê? *Argh!*

Taylor começa a sacudir os braços e as pernas, tentando se livrar das criaturas que correm, apressadas. Ele salta de um pé para o outro, como se estivesse pisando em brasas.

— Seu rosto! — você berra. — Elas estão no seu rosto!

Ele grita e começa a estapear as bochechas e a testa. As aranhas explodem em manchas de gosma amarela.

Em pouco tempo as aranhas são esmagadas, e vocês param de gritar. O eco para de reverberar... dando lugar a um estrondo sinistro, idêntico àquele que você ouviu na estação.

— O que é isso? — Taylor sussurra.

Só quando vê a massa branca espumando no alto da montanha, como a crista de uma onda, você percebe o que está acontecendo.

— Uma avalanche! — você grita.

O paredão deslizante de neve está se aproximando. Taylor sai correndo para dentro da caverna. Você pode segui-lo, mas... e se a entrada ficar coberta de neve? Vocês nunca vão conseguir sair. E as aranhas?

Talvez você possa tentar sair em disparada montanha abaixo. Mas será que consegue correr mais que uma avalanche?

Se você quiser entrar na caverna, vá para a página 77.
Se quiser correr montanha abaixo, vá para a página 75.

07:03

— Saia de perto da janela! — você grita.

Você e Coruja pulam para trás bem a tempo. Dois homens saltam para dentro, cada um por uma das janelas quebradas, com as botas à frente do corpo. Aterrissam sobre o vidro quebrado dentro do vagão, um deles brandindo um facão que parecia ter sido usado muitas vezes, e o outro, um porrete bem pesado. A pele dos dois é marcada por cicatrizes esmaecidas.

— Escutem aqui! — o bandido do facão grita. Ele só tem metade dos dentes na boca. — Façam o que a gente mandar, e ninguém sai machucado.

O homem do porrete levanta a arma de forma ameaçadora. Você dá um passo atrás e ergue as mãos acima da cabeça. Os outros passageiros já estão aos berros, fugindo aos tropeções para o fundo do trem, para longe dos dois bandidos.

— Largue isso! — diz o homem do facão.

Quando você se vira, vê a segurança de nariz comprido empunhando uma arma de choque, que ela deixa cair no chão.

— Boa menina...

O bandido baixa o facão e se volta para os demais. Os braços dele são fortíssimos, e o pescoço é mais largo que a cabeça.

— Agora todos peguem os celulares e levantem as mãos — ele manda. — Bem devagar.

Os passageiros remexem nos bolsos e erguem os celulares. O bandido do porrete vai percorrendo o vagão, recolhendo os aparelhos e jogando-os em uma sacola de pano.

Se você conseguir manter o seu celular escondido, talvez consiga chamar a polícia. Pode ser que o bandido acredite que alguém da sua idade pode não ter um celular.

Se você quiser entregar seu celular, vá para a página 94.
Se quiser fingir que não tem um, vá para a página 96.

03:10

O cinto atinge a lateral do trem...

E não se agarra a nada. Apenas bate e volta para sua mão.

— Não! — você grita.

O trem desce como um foguete pela montanha, deixando você para trás, impotente, só observando, com a calça caída até os tornozelos...

E então o paredão de neve o colhe por trás.

Isso acontece tão depressa e com tanta força que você sequer tem tempo de gritar antes que o mundo inteiro se torne escuridão.

FIM.

Para tentar de novo, volte para a página 79.

07:03

Você salta na direção da janela quebrada e segura o gancho metálico. Sua esperança é conseguir arrancá-lo da estrutura do vagão.

— Coruja! — você grita. — Pegue o outro!

Coruja corre para o gancho do outro lado do vagão enquanto você tenta soltar aquele gancho.

Sim! O gancho se solta da armação da janela...

Mas então a corda se estica, puxando você pela janela!

Você sai voando pelos ares, agarrando-se desesperadamente ao gancho enquanto o chão se afasta cada vez mais dos seus pés. O helicóptero paira mais acima, sobrevoando o trem como um mosquito gigante. Suas peças, sujas e desencontradas, dão a impressão de que o helicóptero foi montado com peças de várias aeronaves diferentes. O som das hélices girando é ensurdecedor. Elas parecem estar acelerando, e não reduzindo a velocidade.

O helicóptero está decolando de novo!

O plano devia ser arrancar o trem dos trilhos para desmanchá-lo e vender as peças. Mas não deu certo, porque você desconectou o gancho. Do outro lado do trem, o segundo gancho se solta. Coruja deve ter tido tempo de desconectá-lo. Você torce para que não a tenham puxado pela janela.

O helicóptero se ergue, levando você junto. Você esperneia inutilmente no ar. O chão vai ficando cada vez mais distante.

O helicóptero se inclina para a frente, a fim de perseguir o trem em fuga. Você pende para o lado junto com a corda, agora já a oito ou dez metros da superfície coberta de neve. Um aglomerado de árvores espinhentas desponta à frente. Ao que parece, o helicóptero vai sobrevoá-las, arrastando você para aquele emaranhado de galhos aguçados e troncos mortais.

Você pode soltar o gancho, mas se cair sobre a neve de uma altura dessas, pode acabar quebrando as pernas. Ou então pode optar por escalar a corda na direção do helicóptero para evitar as árvores, mas assim vai ficar ainda mais longe do chão.

O que você faz?

Se você quiser escalar a corda, vá para a página 88.
Se quiser saltar para o chão, vá para a próxima página.

04:03

Você solta a corda. Ela escorrega pelos seus dedos e você cai...

Mas apenas meio metro. O gancho se prende ao capuz do seu casaco, impedindo a sua queda. O zíper é puxado para cima, pressionando com força sua garganta.

Você está sufocando, agitando os braços para tentar pegar a corda. Talvez consiga se pendurar de novo e aliviar a pressão no pescoço.

Mas não adianta. O gancho está atrás da sua cabeça, e tentar pegá-lo só faz você começar a girar. A princípio você está de frente para a montanha, depois para os trilhos do trem, e então...

As árvores se aproximam em alta velocidade, com os galhos mortais estendidos na sua direção.

Você tenta tirar o casaco para cair no chão. Mas é uma longa queda, e o gelo lá embaixo parece estar bem duro e nivelado. Em vez disso, talvez você possa se agarrar às árvores.

Se você quiser tirar o casaco, vá para a página 142.
Se quiser se agarrar às árvores, vá para a página 143.

04:03

Você sobe pela corda a duras penas enquanto o helicóptero se aproxima cada vez mais das árvores.

Será que vai conseguir?

Você chega lá bem a tempo. A primeira árvore raspa apenas em seus pés quando você passa voando. Porém algumas outras são mais altas, com galhos maiores e mais afiados. Você sobe um pouco mais, com o coração saltando pela boca.

O que vai acontecer quando o helicóptero alcançar o trem? Os bandidos provavelmente vão recolher as cordas para tentar conectar novamente o vagão ao helicóptero.

E você vai subir também. Vai acabar em um helicóptero cheio de bandidos. Você tenta imaginá-los: mal-encarados, de hálito podre, brandindo facas ou armas de fogo. O que eles vão fazer? Simplesmente arremessar você da aeronave?

Você está tentando bolar um novo plano quando o helicóptero para no ar de repente. A corda fica tensa, quase fazendo você cair. Quando olha para baixo, você percebe que o gancho está enroscado em uma das árvores. O helicóptero acidentalmente acabou amarrado, suspenso em pleno ar como um balão de ar quente.

Para além das árvores, o trem desce a montanha desabaladamente.

Você vai descendo pela corda na direção das árvores, ignorando os arranhões nas mãos quando se agarra aos galhos.

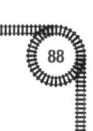

A corda balança. Você levanta a cabeça, apertando os olhos por causa do sol ofuscante, e vê um bandido inclinado para fora do helicóptero. O vento sacode seu casaco empoeirado, e seus olhos azuis e injetados procuram a causa do problema.

Ele o vê em cima da árvore, como um gatinho perdido.

E aperta os olhos. Em seguida, saca um facão, prende-o entre os dentes como um pirata e começa a descer pela corda na sua direção.

A princípio você achou que a intenção dele era cortar a corda para que o helicóptero pudesse seguir em frente. Mas, se esse fosse o plano, ele poderia ter feito isso lá de cima. Em vez disso, está descendo para soltar o gancho.

O que significa que o facão vai ser usado contra você.

Você remexe nos bolsos. Talvez consiga cortar a corda para impedi-lo de chegar até você. Mas só encontra seu celular, sua bússola e sua passagem de trem.

A lateral da bússola é um tanto afiada. Será que pode cortar a corda?

Se você quiser descer pela árvore e fugir, vá para a página 92.
Se quiser tentar serrar a corda com a lateral afiada da bússola,
vá para a próxima página.

02:10

Você encosta a bússola na corda e começa a serrar as fibras. A camada externa se desfaz com uma rapidez surpreendente. Sua empolgação aumenta, e você começa a cortar mais depressa.

Mas então vem o desastre. Falta menos da metade para cortar quando o barulho muda, e você ouve um som de plástico roçando metal. Você dá uma olhada no material. Ao que parece, o núcleo da corda é um cabo de aço, para impedi-la de se desfazer ou arrebentar. Você tenta serrar com mais força, mas isso só desgasta a lateral da bússola.

Você levanta a cabeça. O bandido está mais perto, porém é difícil enxergá-lo no meio da fumaça.

Fumaça?

De repente você sente o calor e entende o que fez. A lente de aumento acoplada à bússola concentra os raios solares sobre um dos galhos. A madeira fica em brasa, e pequenas chamas começam a brotar nas folhas secas.

Você sopra o fogo de leve, para ajudar a aumentar as chamas.

O bandido começa a subir de volta para o helicóptero quando o fogo se espalha. Você desce até o chão pelas árvores, tentando escapar do incêndio.

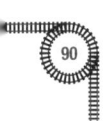

Um galho carbonizado se quebra, lançando sobre você uma chuva de brasas e soltando o gancho metálico. O helicóptero se afasta pelo céu fumacento, com o bandido pendurado logo abaixo. Você torce para que o trem já tenha chegado ao pé da montanha, perto de onde está a polícia, para que os bandidos não possam atacá-lo de novo.

Você pula de um galho a outro, com os olhos quase fechados para evitar as faíscas e as pontas dos gravetos. Em pouco tempo está a dois metros do chão, e resolve saltar, caindo na neve e cambaleando para longe da árvore em chamas.

Só que a árvore não está mais em chamas. Os galhos ainda estão fumegando, mas o tronco devia estar úmido ou frio demais para queimar. Nenhuma das árvores ao redor pegou fogo.

Você sobreviveu ao helicóptero, ao bandido e ao fogo. Deita de barriga para cima na neve e fica vendo o vapor se condensar acima de seu rosto a cada vez que você respira.

É uma longa caminhada até o pé da montanha. Você vai precisar de todas as suas forças.

00:00

Você sobreviveu! Há outras dez maneiras de escapar do perigo – tente descobri-las todas!

02:10

Você desce pela árvore como um macaco fugindo de uma onça. Os galhos cobrem suas mãos de arranhões vermelhos.

O bandido chega à ponta da corda e começa a descer por entre as folhas atrás de você. Está ganhando terreno, e depressa.

Você está em desvantagem. O bandido usa trajes de proteção por baixo do casaco, por isso não precisa temer um galho afiado. Você, por sua vez, se vestiu para uma viagem em um trem confortável, e não para uma perseguição mortal no meio de um matagal.

Mas, se conseguir chegar ao chão antes dele, pode fugir para uma mata mais cerrada. O helicóptero não vai conseguir localizar você de cima, e o bandido é grandalhão, o que significa que você pode se esgueirar por lugares onde ele não vai conseguir passar.

Você está quase no nível do chão. Quando solta o último galho para cair na neve, algo agarra você lá de cima.

— OK! — grita o bandido. — Pode puxar!

Você ouve um rádio chiar.

— *Puxando...*

Você começa a gritar enquanto seu corpo é arrastado de volta para o alto das árvores, suspenso pelo colarinho. O bandido o segura com uma das mãos e agarra a corda com a outra, enquanto o helicóptero iça vocês da mata para o ar.

A corda vai sendo puxada, e ambos agora se encontram logo abaixo da aeronave, a centenas de metros do chão. Você para de resistir. Se ele soltar a corda, vocês dois morrem.

Uma mulher se inclina para fora do helicóptero.

— Conseguiu?

— O trem foi embora faz tempo — o bandido informa. Dessa distância, seu cheiro é um horror. — Mas temos um novo recruta.

Ele levanta você com um braço forte e o joga dentro do helicóptero. Você cai no chão metálico, que está melado de óleo de motor.

A mulher está de pé ao seu lado, com uma chave inglesa na mão. Seus cabelos parecem ter sido cortados com uma faca.

— Você vai trabalhar doze horas por dia, sete dias por semana — ela avisa —, mas vai ficar com uma parte do que a gente conseguir. Dividiremos tudo igualmente. O que me diz?

Ela lhe estende uma mão encardida.

Se você quiser aceitar a proposta dos bandidos, vá para a página 138.
Se quiser recusar, vá para a página 139.

04:50

Você ergue seu celular no ar. O bandido arranca o aparelho da sua mão e o joga na sacola. Você se pergunta se não cometeu um erro.

O outro bandido, o que está com o facão, está chutando a porta da cabine do condutor. No terceiro pontapé, a dobradiça cede. Ele arranca a porta da moldura e arrasta o condutor apavorado pelo vagão.

— Muito bem! — grita o bandido do porrete. — Escutem só. Em um minuto o trem vai partir para o alto da montanha.

O bandido do facão assume o assento do condutor e começa a mexer nos controles. O motor ronca alto.

— Mas, se eu fosse vocês — o bandido do porrete complementa —, desceria aqui mesmo.

Ele bate no botão de abertura da porta traseira, revelando a encosta congelada da montanha. O trem começa a subir lentamente.

Você solta um suspiro. Parece que passou o dia todo entrando e saindo daquele trem horrível.

— Vamos lá, se mexam!

O bandido do porrete agarra um passageiro e o joga sobre os trilhos. Você e Coruja estão quase no fim da fila. Quando chegar a vez de vocês pularem, o trem já estará a grande velocidade.

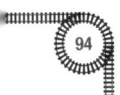

Ao que parece, os bandidos não contaram os passageiros. Talvez vocês possam se esconder embaixo de um dos assentos. Mas o que vocês vão fazer quando o trem chegar ao topo da montanha?

Se você quiser pular do trem em movimento, vá para a página 105.
Se quiser se esconder, vá para a página 107.

04:50

Você põe a mão no bolso e aciona os serviços de emergência. Em seguida levanta as duas mãos vazias, deixando o celular escondido no bolso.

— O que você está fazendo? — Coruja murmura.

Você pede discretamente que ela se cale. Com um pouco de sorte, a polícia vai receber o chamado, ouvir o que está acontecendo e conseguir rastrear a chamada.

O magricela de chapéu de aba larga não levantou as mãos.

— Eu não tenho celular — ele diz quando o bandido se aproxima com a sacola.

— Você tem cinco segundos para repensar sua resposta — o bandido avisa.

— Está quebrado — justifica o homem. — Eu o deixei em casa.

O bandido levanta o porrete.

— Cinco, quatro, três, dois...

— Tudo bem, tudo bem! — o homem grita. — Pode levar!

Ele enfia a mão no bolso, pega o celular e o entrega.

O bandido enfia o aparelho na sacola sem sequer olhar o que estava pegando.

— Boa decisão.

Você começa a se arrepender de sua escolha. Mas já é tarde demais para mudar de estratégia... ou não?

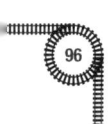

Você põe a mão no bolso e pega a bússola. É preta, retangular e tem partes de vidro. Poderia ser confundida com um celular, se o bandido não olhasse direito.

Coruja joga o celular dela na sacola, bem devagar, para você ganhar tempo.

Depois é a sua vez. Você entrega a bússola para o bandido. Ele a pega e joga na sacola. Mas em seguida olha melhor e a pega de volta.

— O que é isso? — ele pergunta.

Você revira os olhos como se tivesse ouvido a pergunta mais idiota da sua vida.

— É um celular com bússola. *Dã...*

O sujeito vira a bússola na mão, olhando-a por todos os lados. Seu coração dispara.

— Passe para mim — você diz, estendendo a mão. — Vou mostrar como fazer ligações com ele.

O bandido dá um tapa na sua mão.

— Boa tentativa — ele fala, com um sorriso de deboche, e joga a bússola na sacola.

Você solta um suspiro quando ele se afasta. Coruja olha para você como para alguém com os poderes de um *jedi*.

— Fique com isto aqui — você murmura, entregando seu celular. — Eles podem desconfiar e me revistar mais tarde.

Coruja assente e esconde o aparelho no bolso.

O outro bandido está na parte da frente do vagão, batendo na porta da cabine do condutor.

— Abra a porta! — ele grita.

O condutor não responde.

— Eu sei que você está aí — o bandido insiste.

Ele chuta a porta com a bota de biqueira de aço. A maçaneta balança.

Mais alguns pontapés e provavelmente ele vai conseguir arrombá-la. O que ele vai fazer com o condutor depois disso? O facão brilha na mão do bandido.

Se você quiser ir conversar com o bandido para ganhar tempo, vá para a próxima página.
Se quiser permanecer no seu lugar, vá para a página 101.

02:33

— Espere! — você grita, caminhando na direção do bandido. — Eu sei como entrar aí.

O bandido se vira para você e aponta o facão em sua direção. A ponta afiada da arma está a poucos centímetros do seu pescoço.

— Como? — ele pergunta.

— Tem uma alavanca — você mente. — É para emergências. Mas você precisa me prometer que não vai machucar ninguém.

— Mostre para mim.

Você passa por ele e bate à porta.

— Vou contar a ele onde fica a alavanca de emergência — você grita. — Então é melhor você mesmo abrir a porta.

Como você esperava, o condutor não responde.

— Pode pensar por um minuto — você grita. — Sessenta. Cinquenta e nove. Cinquenta e oito...

O bandido segura você pelo ombro.

— Esqueça isso — ele diz. — Apenas me mostre onde fica a alavanca.

— Tudo bem — você diz.

Você desce com ele para o fundo do vagão. As pessoas abrem caminho para vocês passarem.

— Por que a alavanca fica desse lado? — o bandido pergunta, começando a desconfiar.

— Não fica — você responde. — É lá na frente, só que do lado de fora.

Você aperta o botão de abertura do vagão. A porta traseira se abre com um chiado, revelando a paisagem nevada da encosta da montanha. O vento uiva contra o seu rosto.

— Se fica do lado de fora, como é que você sabe da alavanca?

A mentira vem com facilidade:

— O trem precisou parar para uma inspeção de segurança. Eu vi a alavanca enquanto o motorista verificava os freios. Vamos lá.

Você desce para a neve. O bandido o segue.

Vá para a página 103.

02:33

O bandido do facão bate na porta de novo.

— Ei, escute aqui! — ele grita. — Está me ouvindo?

O condutor não responde. De repente você tem a sensação de que ele pode nem estar lá, de que pode ter fugido por uma saída de emergência e corrido pela neve.

Ou talvez esteja ferido. O trem parou de uma forma bem repentina: ele pode ter batido a cabeça. Pode estar caído no chão lá dentro, inconsciente.

— Vou dar cinco segundos para você abrir a porta — o bandido do facão continua. Esses caras parecem ser fãs do método dos "cinco segundos". — Se não abrir, um dos passageiros vai ter o crânio esmagado aqui atrás.

Tarde demais, você percebe que o bandido do porrete está às suas costas. Ele agarra você pelo ombro para impedir sua fuga.

— Cinco — começa o bandido do facão.

— Não! — Coruja grita.

— Quatro.

— Não faça isso! — você diz, gaguejando.

— Três.

— O condutor pode nem estar lá dentro!

— Dois.

O bandido levanta o porrete acima de sua cabeça.

— Ou ele pode estar ferido — você diz. — Desmaiado. Por favor, não…

— Um.

O porrete desce com toda a força, e o mundo inteiro escurece.

FIM.

Para tentar de novo, volte para a página 82.

01:46

O ar frio gela você até os ossos. Você e o bandido do facão vão afundando os pés na lama até a frente do vagão.

O bandido empurra você pelas costas.

— Vai logo! — ele diz.

— Não consigo ir mais depressa — você justifica. — Machuquei os joelhos andando de *skate*.

— Não estou nem aí. Continue andando.

Ao chegar à frente do vagão, você se agacha e olha embaixo do trem. Não consegue localizar a alavanca, e então se lembra de que foi uma invenção sua.

Você enfia a mão na penumbra sob as rodas enormes.

— Não consigo alcançar a alavanca — você diz.

Você acha que o bandido vai se agachar para dar uma olhada, mas ele não faz isso. Simplesmente brande o facão para você.

— Rasteje aí para baixo e acione a alavanca — ele rosna.

Você se enfia no espaço embaixo do trem. Dá para ver uma porção de mangueiras e parafusos, mas nada que lembre sequer remotamente uma alavanca.

— Está emperrada — você avisa.

— Então puxe mais forte! — o bandido grita. — Ou eu corto os seus pés fora.

Sua respiração se acelera na escuridão.

— Estou tentando!

Dá para ouvir a lâmina batucando na lateral do trem.
— Estou avisando... — o bandido diz. — Se você não... ei!
— Você está preso — diz uma outra voz.
Você ouve o som de algemas se fechando.
— Eu mato você! — o bandido berra.
— Pode acrescentar "ameaça a um oficial da lei" às acusações, certo, Jenkins? — a voz responde.
Um rosto amigável aparece debaixo do trem. Os olhos castanhos encontram você na escuridão.
— Já pode sair agora — o policial avisa.
Você sai de lá.
— Como vocês chegaram aqui tão depressa?
— Tem um garoto ao pé da montanha. Ele contou que caiu do trem, desceu pelos trilhos e ligou para nós quando viu o helicóptero pousando em cima do vagão.
Se você tivesse impedido o garoto de cair do trem, ele não poderia ter pedido ajuda, e vocês dois poderiam estar mortos agora. Você mal consegue registrar tanta informação.
O policial ajuda você a ficar de pé.
— Está tudo bem — ele diz. — Você está em segurança agora.

00:00

Você sobreviveu! Há outras dez maneiras de escapar do perigo – tente descobri-las todas!

02:20

Quando você e Coruja chegam à porta de trás, o trem está andando depressa demais, perigosamente. Se você pular, será que não vai quebrar as pernas?

— Rápido! — pede Coruja. — Antes que ele ganhe ainda mais velocidade.

Ela se lança da porta do vagão, aterrissando entre os trilhos como uma gata. Depois se vira imediatamente e começa a correr atrás do trem.

— Pule! — ela grita para você. — Vamos lá!

Você fica olhando para baixo, vendo os dormentes dos trilhos passarem como um borrão. A porta aberta parece sugar todo o ar de dentro do trem. Dá para sentir a presença do bandido do porrete logo atrás de você. Seu coração está disparado.

Você se abaixa.

— Está devagar demais — o bandido do porrete diz, empurrando você pela porta.

Você grita enquanto desaba do trem e se esborracha na neve.

A dor se espalha pelo seu corpo. Você fica imóvel nos trilhos, com a cabeça girando tanto que não consegue se levantar, e ouvindo o trem seguir montanha acima.

Você ouve passos aproximando-se. Quando vira a cabeça, vê Coruja correndo ao seu encontro.

— Ei! — ela diz. — Está tudo bem?

Você tosse e levanta o polegar. Os bandidos levaram a melhor, mas pelo menos você não morreu.

00:00

Você sobreviveu! Há outras dez maneiras de escapar do perigo – tente descobri-las todas!

02:20

— Eu vou ficar aqui — você murmura para Coruja, que arregala os olhos.

Você olha ao redor para ver se algum bandido está de olho. Em seguida se enfia no espaço debaixo de uma das poltronas. Coruja faz o mesmo.

— O que faremos quando chegarmos lá em cima? — ela murmura.

— Vamos fugir quando eles não estiverem olhando — você responde. — Tentar voltar para a estação e pedir ajuda.

— Mas e se eles nos encontrarem?

Sua preocupação também é exatamente essa.

— Não vão, não — você diz.

Os outros passageiros já desceram.

— *Humm...* — um dos bandidos fala —, foi tudo bem.

— Mais fácil do que eu esperava — o outro responde, com uma voz um pouco mais aguda agora, como se antes estivesse tentando assumir um tom de durão. — Vamos lá.

As botas dele batem nos degraus, avançando em direção ao lugar onde você e Coruja estão escondidos. Você prende a respiração e fecha os olhos. Como se assim eles não conseguissem vê-los.

Os bandidos passam sem diminuir o passo.

Você abre os olhos. Coruja está com um sorriso radioso no rosto. Você dá uma piscadinha para ela.

— Prateleira de Cima, estão me ouvindo? Câmbio.

Um rádio começa a chiar e apitar.

— *Aqui é a Prateleira de Cima. Qual é a situação de vocês?*

— O vagão está vazio. Vamos chegar em breve. Podem ir aquecendo os motores.

Você ergue o polegar para Coruja. Ao que parece, os bandidos irão embora de helicóptero assim que levarem o trem para um local seguro. Quando eles tiverem partido, você e Coruja poderão fugir e revelar para a polícia a localização do trem roubado. E vocês se tornarão heróis.

Mas alguma coisa o incomoda. Como os bandidos vão esconder o trem? Eles não têm como tirá-lo dos trilhos, certo?

Os freios do trem guincham alto. Os assentos estremecem quando a velocidade da locomotiva diminui.

— Certo — um dos bandidos diz. — Estamos em posição.

— *Procedendo ao travamento.*

Você ouve um estalo sob o assoalho, como se fosse uma trava prendendo as rodas. O trem para de repente.

A porta se abre com um chiado. Os dois bandidos descem do trem. Assim que as portas se fecham, você escuta o bandido do porrete dizer uma última coisa pelo rádio:

— Acionem o motor.

— Certo — você murmura para Coruja. — Vamos esperar até o helicóptero decolar, e aí nós fugimos.

— Boa ideia. Você acha que...

Coruja não consegue completar a frase. Uma lâmina imensa despenca sobre o trem, quase separando a cabine do condutor do restante do vagão. Era como se um gigante estivesse atacando o trem com um facão.

A lâmina se ergue e some de vista.

Você grita e corre para o outro lado do trem, bem a tempo. A lâmina enorme volta a baixar, cortando poltronas ao meio e arrancando outro segmento do trem. O motor que eles mandaram acionar não era de um helicóptero. Era de uma máquina criada para fatiar o trem!

Coruja já está junto à porta dos fundos do vagão.

— Não quer abrir! — ela grita.

Você bate com força no botão de emergência. Ela tem razão. Vocês estão presos, e a lâmina está chegando mais perto a cada segundo.

— A gente vai ter que pular! — você grita.

— Mas a porta não abre!

— Não por aí! — você aponta para o outro lado do vagão, onde a lâmina está rasgando o metal como um machado cortando um bolo. — Por lá.

— Nós vamos virar carne moída! — Coruja berra.

— É a nossa única chance.

Você vê a lâmina chegar cada vez mais perto, destruindo o vagão pedaço por pedaço. Ela se ergue, abrindo caminho para vocês. Será preciso calcular a fuga com absoluta precisão.

Se você quiser pular, vá para a página 133.
Se quiser que Coruja vá primeiro, vá para a página 16.

03:09

— Bem pensado — você diz, e vai atrás de Coruja.

A visão não é muito boa neste ponto, mas pelo menos a sua pele não está congelando.

Há uma pequena janela protegida por grades de ferro soldadas. Por ela dá para ver a cabeça calva do condutor, falando bem depressa ao celular, que era de um modelo antigo.

— Que dia, hein? — Coruja comenta.

— Ainda não acabou — você diz.

Você está tentando manter o otimismo, mas suas palavras parecem agourentas.

— Não estou entendendo — o condutor diz. — Do que você está falando?

Querendo escutar melhor, você se inclina mais para a janela.

— O que você está fazendo? — Coruja pergunta.

Você pede silêncio.

— Escute o que estou dizendo — o condutor continua. — Há um garoto perdido no meio da montanha. Ele caiu do trem. Provavelmente está com ferimentos graves. Vocês precisam mandar alguém agora mesmo.

Há uma pausa. Dá para ouvir o falatório abafado da pessoa do outro lado da linha.

— Que diferença faz quantas pessoas estão comigo? — o condutor pergunta. — Estou dizendo que...

Uma movimentação chama sua atenção. Você se vira bem a tempo de ver o homem de touca ninja se esconder na beira da plataforma.

— Você viu isso? — você pergunta a Coruja.

— Viu o quê?

Mais uma movimentação, desta vez do outro lado da plataforma, perto do grupo de passageiros. Você se vira. Outro homem de traje de camuflagem branco está escondido atrás da máquina automática de vendas.

— Estamos encrencados — você comenta. — Dois caras...

Alguém agarra você pelos cabelos.

Coruja dá um berro. Não dá para virar a cabeça para ver quem o está agarrando, mas é possível notar que há mais pessoas sendo atacadas. Os gritos se espalham entre os passageiros quando três outros homens camuflados aparecem entre eles, agarrando-os pelos braços e pelos ombros.

O sujeito da câmera grita quando um dos homens de touca ninja arranca o dispositivo de suas mãos. A mulher idosa de echarpe de seda se vira para sair correndo, mas descobre que a plataforma está cercada. Dezenas de pessoas estão em meio às árvores raquíticas, observando o tumulto através de máscaras de esqui.

Uma mulher se dirige ao centro da plataforma. Não está vestida como os demais. Suas botas são pretas, e ela usa boina em vez de uma touca ninja.

— Quero todo mundo paradinho onde está, com as mãos para cima — ela ordena.

O condutor sai do pequeno escritório.

— O que é isso? O que está acontecendo?

— Quem foi que viu você? — a mulher pergunta a um dos homens de touca ninja.

Ele aponta um dedo enluvado...

Para você.

Seu coração vai parar na boca.

— Vocês não deveriam estar usando esta estação — o condutor diz. — Ela é propriedade da companhia ferroviária agora.

A mulher de boina o ignora. Ela vai até você e o encara com seus olhos escuros.

— Para quem você ligou? — ela pergunta.

Se você quiser dizer que não ligou para ninguém, vá para a página 115.
Se quiser blefar, dizendo que ligou para a polícia, vá para a página 116.

03:09

— Eu volto a falar com você daqui a pouco — você diz a Coruja, que lhe lança um olhar esquisito.

— Só vou dar uma olhada numa coisa — você avisa.

Antes que ela tenha a chance de protestar, você atravessa a plataforma correndo e pula na neve, rumo ao local onde viu o homem de touca ninja pela última vez.

Não há nenhum sinal dele agora. Só as árvores ressecadas curvando-se sob o vento forte. Você olha para a plataforma do trem, perguntando a si mesmo se não cometeu um erro...

É quando você vê as pegadas.

São de calçados muito maiores que os seus, com solas de padrão xadrez para melhorar a aderência. Examinando a trilha, você conclui que o homem caminhou até a estação do trem por algum tempo, depois se virou de forma abrupta e voltou. Talvez tenha percebido que você estava olhando.

Você segue as pegadas até um grupo de árvores. Depois de afastar os galhos pontudos, tropeçando no chão congelado, vê uma cerca de alambrado encimada por arame farpado. Do outro lado há uma construção baixa, pintada de branco. Deve ser difícil vê-la de longe ou do alto.

Alguma coisa está acontecendo ali. Alguém construiu uma espécie de base secreta. Mas quem? E por quê?

Você pega o celular. Sem sinal. Não dá para ligar para Coruja nem para ninguém.

De repente o homem da touca ninja aparece de novo, andando em direção à base. Atrás dele, uma parte do alambrado está se movendo. É um portão automático que está se fechando.

Você passa pela fresta bem a tempo. O portão se fecha ruidosamente, prendendo você dentro das instalações.

O homem está caminhando para a construção. Você está totalmente exposto. Se ele se virar para olhar, vai ver você bem ao lado do alambrado, agachando-se, tentando se esconder. Então você corre atrás dele, sentindo a lama entrando em seus sapatos. O uivo do vento abafa o som dos seus passos – pelo menos você espera que sim.

Pintado na lateral da construção há um logotipo sóbrio e os dizeres "MINISTÉRIO DA DEFESA: NÃO ENTRE". Por que esse aviso não era visível do lado de fora da cerca de arame farpado?

O homem da touca ninja chega à construção. Ele digita alguns números em uma fechadura eletrônica ao lado da grande porta de aço. A fechadura apita, e a porta é liberada. Os batentes rangem quando ele a empurra, e o homem desaparece na escuridão.

A porta começa a se fechar.

Se você quiser segui-lo para dentro da construção, vá para a página 123.
Se quiser ficar do lado de fora e procurar um lugar para se esconder, vá para a página 125.

02:18

— Eu não liguei para ninguém — você diz.

A mulher encara você por um tempão.

— Certo — ela diz.

Ela se vira para o restante do grupo.

— Vocês vão voltar para o trem agora mesmo — ela avisa.

— Façam isso depressa e em silêncio, para sua própria segurança.

Você se pergunta se isso é uma ameaça.

— Isso é um absurdo! — o condutor grita. — Nós temos todo o direito de...

A mulher chega bem perto dele. Você não consegue ver direito o que ela faz em seguida, mas, seja o que for, é o suficiente para fazer o condutor se calar. Ele engole em seco, e uma veia se incha em sua testa.

— De volta ao trem — ela repete. — Depressa e em silêncio.

Dessa vez ninguém protesta. Os homens camuflados libertam seus prisioneiros. De repente deixam de agarrá-lo pelos cabelos. Você se vira para olhar, mas quem quer que o tenha agarrado já desapareceu nas sombras da plataforma.

Você e Coruja embarcam no trem junto com os demais passageiros. O condutor se dirige a passos lentos para sua pequena cabine. Ele não fecha a porta.

Vá para a página 121.

02:18

— Já liguei para a polícia — você diz. — Eles vão chegar daqui a pouco.

— É mesmo? — pergunta a mulher.

Ela desbloqueia o seu celular. Enquanto você se pergunta como o aparelho foi tirado de seu bolso e como a mulher sabia o código de desbloqueio, ela já está vasculhando suas últimas chamadas.

— Pois é — ela comenta. — Foi o que eu pensei.

— Eu apaguei o registro da chamada — você diz. — Por segurança.

— Se isso fosse verdade, você não me contaria.

Ela faz um sinal para um homem atrás de você. Ele o agarra pelas axilas e o arrasta pela plataforma em direção ao trem. Você resiste, mas ele é fortíssimo.

— Escutem bem! — a mulher grita. — Voltem para o trem. Esta é uma área de acesso restrito.

O homem da touca ninja arremessa você pela porta aberta. Você cai na escada.

Sua esperança era de que o seu blefe encorajasse os outros passageiros a enfrentar os agressores, mas não é isso o que acontece. Eles simplesmente entram no vagão como gado. O condutor assume seu posto na cabine, desaba no assento e fica olhando desolado para os controles.

Coruja segura sua mão e o ajuda a se levantar.

— Eles acham mesmo que podem fazer isso e que não vai acontecer nada? — ela pergunta.

Você olha pela janela. A mulher está mandando dois homens de touca ninja descarregarem uma caixa com equipamentos. Coruja tem razão. Só existe uma maneira de os soldados garantirem que os passageiros não vão contar para ninguém o que eles estão fazendo.

Você aciona o botão de "FECHAR PORTAS" bem a tempo. As portas deslizam e se fecham no momento em que um dos homens de touca ninja tira uma granada da caixa de equipamentos e a arremessa na direção do trem. O artefato explosivo acerta as portas e cai de volta na plataforma. Os soldados saem correndo.

— Desça a montanha! — você grita.

Mas o condutor não está mais em seu assento. Ele veio ver que confusão era aquela.

Não há tempo para explicar o que está acontecendo. Você corre até a cabine do condutor, tentando se lembrar do *site* da companhia ferroviária onde havia algumas fotos dos comandos. Você olha para a alavanca onde se lê a palavra "freios".

Em seguida a empurra para cima. As rodas são destravadas com um estalido. O trem começa a descer a montanha de marcha a ré.

— O que você está fazendo? — grita o condutor.

Na plataforma, a granada está cuspindo uma nuvem de fumaça verde. A intenção dos soldados não era explodir o trem, e sim matar os passageiros com o gás.

O condutor tenta alcançar o controle dos freios. Você o agarra desesperadamente. Se o trem ficar parado ali, todo mundo vai morrer.

A mulher de boina não fugiu como seus homens. Ela está pegando mais itens da caixa de equipamentos: uma máscara antigás, que põe no rosto, e um enorme objeto que parece uma arma. Ela faz pontaria para o trem, que está de partida.

— Agachem-se! — você grita.

BUM! Um raio atinge o trem, entrando por uma janela e saindo pela outra. Não quebra o vidro nem acerta ninguém, mas todas as luzes do vagão se apagam. O monitor de controle pisca e depois desliga. O condutor enfim consegue pegar a alavanca dos freios, mas, quando a puxa, nada acontece. Todos os passageiros se deitam no chão. A mulher dispara outra vez a arma elétrica. *BUM!* Outro raio de energia atinge o vagão, incendiando uma das poltronas. Todo mundo está aos berros, inclusive você.

Mas o trem está ganhando velocidade. A plataforma no alto da montanha já está desaparecendo ao longe. Em pouco tempo a mulher e sua arma letal são apenas vultos minúsculos imersos em fumaça verde.

— Eu não consigo parar o trem! — o condutor grita. Ele aperta um botão e puxa uma alavanca. — O sistema não quer reiniciar!

Coruja está logo atrás de você.

— O que vai acontecer quando chegarmos lá embaixo? — ela pergunta.

— A esta velocidade? Não faço ideia, mas não vai ser nada bom.

Você sai correndo da cabine do condutor e volta ao vagão. O chão estremece à medida que o trem ganha velocidade na descida do Monte da Morte.

— Coloquem os cintos de segurança! — você grita.

Enquanto os passageiros voltam aos trancos e barrancos para os assentos, você percebe uma coisa quando olha pela janela: um espelho curvo acoplado à lateral do vagão, pelo qual se veem os trilhos atrás do trem. A composição está descendo de ré, então o espelho é a única forma de ver o que vem pela frente.

Você vê um jipe enorme, de tração nas quatro rodas, subindo pelos trilhos, deixando uma nuvem de fumaça atrás de si.

Enquanto você assiste a tudo, dois homens saltam do jipe. Um deles é um grandalhão de terno, e o outro, um cara mais velho com um boné de golfe. Eles se afastam do carro, que fica parado nos trilhos.

Não há como parar o trem. A única coisa que você pode fazer é pular para o seu assento ao lado de Coruja e afivelar o cinto.

Plaft! O trem atinge o jipe como uma marreta. Você sente o impacto contra o encosto do assento. Pelo espelho, vê o jipe deslizando pelos trilhos, preso à traseira do trem.

E vê também o que há pela frente: a plataforma ao pé da montanha, com enormes para-choques de madeira. Eles foram feitos para parar trens descontrolados, mas é improvável que os engenheiros tivessem previsto uma situação como esta.

Coruja também viu tudo.

— Segurem firme! — ela grita.

BUM!

A colisão o empurra para debaixo da poltrona. O jipe absorve boa parte do impacto e fica esmagado entre o trem e os para-choques, como uma lata de refrigerante sob uma bota de neve com sola de pregos. Todas as janelas do vagão estão quebradas. Nas paredes é possível ver um padrão de zigue-zague, como uma sanfona.

Por fim, tudo fica imóvel. Os ecos da batida se dissipam. Você olha para os demais passageiros, que estão em um silêncio absoluto. Todos parecem bem.

— Eu andei pensando... — Coruja por fim comenta. — Que tal no próximo feriado a gente fazer só umas aulas de surfe?

00:00

Você sobreviveu! Há outras dez maneiras de escapar do perigo – tente descobri-las todas!

01:02

— Não estou entendendo — Coruja murmura. — Eles acham mesmo que podem fazer isso e que não vai acontecer nada?

— Parece uma forma bem idiota de tentar manter um segredo — você concorda. — Eles devem saber que vamos contar pra todo mundo depois de voltar para casa.

As portas deslizantes começam a se fechar. Pela janela você vê um homem camuflado aproximando-se do trem. Antes que as portas se cerrem de vez, ele joga alguma coisa pela abertura prestes a se fechar.

É uma latinha cinza, que solta uma nuvem de fumaça verde.

Gás lacrimogêneo!

Alguém dá um grito. Você e Coruja se levantam dos assentos e correm pelo corredor para o outro lado do vagão, para tentar escapar da névoa tóxica. Os demais passageiros fazem o mesmo.

Mas de repente você sente um cansaço enorme. Seus membros parecem pesar centenas de quilos. Você mal consegue manter os olhos abertos.

— Não é gás lacrimogêneo — você diz. — Gás do sono. Gás... do esquecimento...

Você ia dizer mais alguma coisa, porém se esqueceu do que estava falando. Não sabe ao certo de quem está fugindo, nem mesmo onde está.

— Coruja — você ouve sua própria voz dizer, mas não sabe ao certo por quê. Há uma coruja à solta no vagão?

Como você foi parar ali, afinal?
O chão se ergue em sua direção.

Vá para a página 5.

02:48

Você imerge na penumbra pouco antes de a porta se fechar. Enquanto os seus olhos se ajustam à luminosidade, você vê o homem de touca ninja atravessando um corredor de paredes lisas de concreto e com cabos elétricos grossos serpenteando pelo teto.

Você está dentro. Mas dentro do quê?

— Sedrick! — chama uma voz de mulher. — Onde você estava?

Você se agacha depressa e se esconde em um canto, com o coração disparado. Tomara que a mulher não o tenha visto.

— Lá fora — o homem de touca ninja conta. — Um trem cheio de gente subiu a montanha. Fui ver se não tinham vindo se intrometer em nada.

— E vieram?

— Não. São só turistas.

— Espero que não vejam nada que não deveriam — a mulher comenta em um tom sinistro.

— Acho que não. Está tudo bem.

O ruído de seus passos se aproxima. Se passarem pelo corredor lateral, com certeza vão ver você.

— Pensei que tínhamos providenciado para que esse trem fosse destruído — a mulher diz.

— Eu também. Alguém pisou na bola, e feio.

Você olha ao redor. Uma porta ali perto está ligeiramente entreaberta. Você tem como passar, mas pode acabar não tendo como sair.

Em vez disso, talvez você deva subir a escada do fim do corredor, mas como ela é de metal leve, o barulho não vai ser nada discreto. O homem e a mulher podem ouvir seus passos.

— Vamos adiar o segundo teste? — Sedrick pergunta.

— Está brincando? — a mulher retruca. — O maquinário já está sendo preparado para ser usado. Abortar agora custaria dezenas de milhares de dólares. Além disso, precisamos descobrir quanto antes se é possível mandar o item de volta. Vamos seguir em frente.

Se você quiser se esgueirar pela porta, vá para a página 128.
Se preferir subir a escada, vá para a página 129.

02:48

A porta se fecha antes que você tenha tempo de mudar de ideia. Você se encosta na parede e pensa no que fazer a seguir.

Pelo alambrado, é impossível encontrar uma saída. O portão automático parece trancado. O arame farpado vai ferir suas mãos se você tentar pular, e a neve vai congelar o seu corpo se tentar escavar o chão e passar por baixo. Além disso, provavelmente existe um piso de concreto embaixo da cerca.

Mas em algum momento outras pessoas vão entrar e sair. Você só precisa esconder-se nos intervalos em que elas estejam passando.

Você olha para a porta por onde o homem de touca ninja entrou. Não dá para ficar neste lugar. Se alguém sair, vai dar de cara com você…

E então você vê a câmera de segurança empoleirada sobre a porta como um corvo curioso, com as lentes pretas apontando diretamente para você.

Você se volta para fugir…

Mas é tarde demais.

Um alarme dispara e ecoa pelas instalações. Parece uma daquelas sirenes de ataque aéreo. Você se sente como se esperasse uma arma nuclear despencar do céu.

De um lado, você ouve o barulho de botas correndo. De outro, latidos de cães. Ainda não dá para ver ninguém, mas em questão de segundos você estará cercado.

Você corre na direção do alambrado. Ele vai cortar seus dedos, mas é melhor do que ser pego. Enquanto corre, você tira a jaqueta e embrulha as mãos com ela. É o melhor a fazer.

Você está quase no alambrado quando um dos cachorros aparece – um *rottweiler*, trotando em sua direção com largas pernadas. Dá para ver os dentes afiadíssimos do bicho.

Você pula no alambrado, mas não com a velocidade necessária. Mal consegue se pendurar na cerca, o cachorro morde sua calça e puxa você para baixo.

A queda na neve lhe esvazia os pulmões. O cachorro mantém você no chão apoiando uma pata enorme no seu corpo e rosnando na sua orelha.

— Serguei! Aqui!

O cachorro solta você e, choramingando como um filhotinho, vai até o soldado que se aproxima. O homem está vestido dos pés à cabeça com um traje branco de camuflagem. Seus olhos se escondem atrás de óculos escuros espelhados.

Ele faz um carinho atrás das orelhas do cachorro.

— O que está fazendo aqui? — ele lhe pergunta.

— Eu estava no trem — você gagueja. — Vi alguém rondando a plataforma, quis ver quem era, e acabei vindo parar do outro lado da cerca.

— Ã-hã.

Ele não parece acreditar em você.

— Por favor. Eu só quero ir para casa.

Ele ajuda você a levantar.

— E você irá — ele diz. — Mas não agora.

— Como assim?

Ele conduz você para a construção pintada de branco e digita a senha na fechadura eletrônica para destrancar a porta.

— Bem — ele começa —, não sei o que você chegou a ver.

— Nada — você se apressa em dizer.

Ele empurra você para um corredor de paredes de concreto.

— Então só poderemos deixar você ir depois de terminarmos o nosso trabalho aqui — ele continua. — A essa altura, não fará diferença o que você viu ou deixou de ver.

— Mas eu não vi nada!

Ele assente e abre outra porta.

— Por aqui, por favor.

Dentro do recinto há um colchão e uma privada de aço inoxidável. Quando você percebe que está sendo colocado em uma cela de prisão, ele já está fechando a porta.

— Vejo você daqui a dois anos — ele avisa.

— Dois anos?!

A fechadura é trancada.

FIM.

Para tentar de novo, vá para a página 134.

01:41

Você mergulha pela fresta e fecha a porta atrás de si, abafando as duas vozes. A sala é pequena e redonda, com paredes de plástico laminado. Há um emaranhado de cabos elétricos pendentes do teto.

Não existe saída. Você acabou de fechar a única porta.

No centro da sala há uma plataforma elevada em que se vê um sapato. É um modelo antigo, mas está sem uso. Seus cadarços são pretos, finos, e as laterais são de couro reluzente.

É tão despropositado encontrar aquilo naquela estranha sala circular que você não consegue desviar os olhos. Você pega o sapato e o vira, como se quisesse encontrar alguma coisa escrita na sola de borracha rígida. Mas não há nada, nem mesmo uma etiqueta de preço.

Alguma coisa começa a zumbir acima da sua cabeça. Quando você olha, vê que os cabos elétricos estão se acendendo nas junções. É como olhar para um céu cheio de estrelas...

Estrelas quentíssimas. De repente, você começa a suar.

O que está prestes a acontecer, seja lá o que for, não é nada bom. Talvez fosse melhor ter sido capturado.

Você está prestes a gritar por socorro quando todas as estrelas se juntam e fazem um poderosíssimo *ZAP*...

Vá para a página 131.

01:41

Você corre escada acima, apoiando os pés na beiradinha dos degraus para não fazer muito barulho. Sedrick e a mulher continuam conversando no corredor atrás de você. Ao que parece, não ouviram nada.

Mas você está preso. No alto da escada há uma parede lisa, com apenas um pequeno alçapão de manutenção aferrolhado.

A escada trepida. Tem alguém subindo atrás de você.

Você se agacha ao lado do alçapão e puxa o ferrolho. Está solto. Depois de destravar o alçapão, você o abre e entra no espaço apertado do outro lado.

O túnel é escuro e macio, ladeado por dezenas de cabos elétricos. Não há espaço para se virar e fechar o alçapão. A única coisa que você pode fazer é seguir rastejando na escuridão e torcer para que a pessoa que está subindo a escada não veja os seus pés.

— Ei! — Sedrick grita.

Você fica imóvel.

— Você deixou o alçapão de acesso aberto?

— Acho que não — a mulher responde.

Sedrick solta um grunhido e bate a porta. Você escuta quando ele puxa o ferrolho, fechando você lá dentro.

"Não entre em pânico", você pensa.

Talvez exista uma saída do outro lado.

Você vai rastejando túnel adentro, tentando não espirrar ao sentir o pó de cimento entrando no seu nariz. Os cabos elétricos parecem enguias. É sua imaginação ou eles estão zunindo?

Com certeza está quente ali dentro. A gola da sua roupa está grudada no pescoço.

Você ouve outras vozes em algum lugar lá embaixo.

— Quanto tempo até a transmissão? — alguém pergunta.

— Seis segundos — é a resposta. — Cinco. Quatro...

O zumbido está ficando mais alto. Parece que há uma colmeia atrás da sua cabeça. Seus cabelos se arrepiam, eletrificados. Tem alguma coisa queimando sua nuca. Você levanta a mão, e uma chuva de faíscas cai ao seu redor. O que quer que estejam testando lá embaixo, exige uma tremenda quantidade de energia elétrica, e você foi parar no meio do circuito!

— Dois — continua a voz. — Um.

BZZZZT. O mundo inteiro desaparece como uma tevê sendo desligada.

FIM.

Para tentar de novo, vá para a página 134.

52,560,106:55

— *Argh!*

Você cobre o rosto com os braços, mas o calor de repente desaparece. E o zumbido também. Você não consegue ouvir nada além de um tilintar, como sininhos de trenó. O ar está com um cheiro diferente também, um odor meio de celeiro. Como cocô de rena.

— Papai Noel? — você pergunta, desatinado.

Mas quando descobre o rosto, não é o Papai Noel. É um homem de casaco marrom, camiseta bege e chapéu-coco. Acabou de entrar por uma porta de vidro com moldura de madeira, fazendo tocar os sininhos logo acima. Ele olha para você como se olha para um louco.

Você está em uma loja. Quando se vira devagar, vê que é uma loja de sapatos. Há prateleiras e mais prateleiras ao seu redor. Todos os calçados são de couro, mesmo os infantis. Os tons variam entre o preto e o marrom. O piso é de madeira envernizada, com serragem entre as tábuas.

— Por acaso pretende comprar esse? — pergunta uma voz.

Você se vira. O vendedor, um homem de bigode e avental cinza, está olhando feio para você.

— Acho que não vai servir — ele continua.

Você abaixa a vista e percebe que ainda está segurando o sapato que estava na sala circular. Você o larga, e ele faz barulho ao cair no chão.

— Trate de se retirar daqui — o vendedor fala, bem sério.

Você passa pelo homem de chapéu-coco, que ainda não disse uma palavra. A sineta da loja toca quando você abre a porta e sai.

Não é uma rua normal. Não há postes de luz nem asfalto, apenas terra batida. Perplexo, você vê quatro cavalos passarem, bufando e respirando fundo. Isso explica o cheiro de cocô de rena. Atrás dos animais, um cocheiro com um chicote, acomodado no alto do banquinho de uma carruagem. Pela janela do veículo, você vê uma mulher com um vestido de mangas bufantes, usando um véu quase escondido por um chapelão enorme.

Sua cabeça começa a girar. Você se senta na terra ao se dar conta da terrível verdade. Você sobreviveu ao trem, à montanha e aos homens de touca ninja...

... Mas foi parar no passado e não tem como voltar.

FIM.

Para tentar de novo, vá para a página 134.

01:05

Você sai em disparada, a adrenalina pulsando no sangue, e se arremessa na abertura...

A metade superior do seu corpo consegue passar.

FIM.

Para tentar de novo, volte para a página 94.

06:13

Não dá para ver muita coisa. O vale está muito, muito abaixo, escondido por um cobertor de nuvens que parece quase sólido. Tem-se a impressão de que dá para saltar de um penhasco e pousar em segurança naquelas bolas de algodão.

Você pega sua bússola. Ouviu de alguém que a agulha poderia ficar girando sem parar por causa da altitude, mas não é isso que acontece.

De repente você vê alguém parado na montanha. Um homem todo vestido de branco, das botas à touca ninja.

Camuflagem. Ele parece estar olhando para você, mas não dá para ter certeza, porque o trem entra na estação, bloqueando a sua visão.

O trem para tão de repente que você é projetado para a frente.

— Vou entrar na estação para usar o rádio — o condutor avisa. — Peço para todos desembarcarem. Recomendo uma visita à plataforma de observação. Se o vento aumentar e dissipar as nuvens, a vista é espetacular.

— Se o vento aumentar, a gente morre congelado — Coruja resmunga.

Mesmo assim, obedientemente desce do trem, como todo mundo.

A plataforma de desembarque é ainda mais precária que a do pé da montanha. Há papéis amassados espalhados pelo chão de cimento. Uma máquina automática de vendas está abandonada sem energia elétrica, e o mapa pendurado na parede está tão rabiscado que é impossível ler alguma coisa.

Em tese, é a viagem inaugural daquele trem, mas a plataforma parece bem antiga. Quem a teria construído, e por quê?

O condutor desce do trem e corre até uma porta sem sinalização na ponta da plataforma. Ele a destranca e entra.

Coruja diz alguma coisa, mas você não escuta, pois está vendo o homem da touca ninja de novo, vindo pela neve em direção à plataforma. Ele está muito mais perto do que antes.

Uma rajada de vento mais forte sopra, e o homem desaparece em uma nuvem de flocos de neve e neblina.

— Hã? — você diz.

— Eu disse para irmos para lá — Coruja repete, apontando para a sala do condutor. — Vamos sair deste vento.

Você olha para a montanha, mas não consegue ver o homem.

Se você quiser seguir Coruja para o abrigo atrás do escritório, vá para a página 110.
Se quiser investigar o homem da touca ninja, vá para a página 113.

10:01

Você tenta argumentar, mas o condutor interrompe sua fala com um gesto.

— Esta decisão é minha, não sua — ele diz. — Agora se afastem. Eu não estava brincando quando disse que o motor pode pegar fogo.

Por sobre pedras e neve, você e Coruja voltam ao local onde os passageiros estão encolhidos como pinguins.

— Ei! — Coruja diz. — Olhe ali.

Você segue o olhar dela até um ponto mais escuro no céu.

— Aquilo é um helicóptero?

— O barulho com certeza é de um.

Agora que ela falou, é possível mesmo escutar o som das hélices, um ruflar distante.

Você acena com os braços acima da cabeça.

— Ei! — você grita. — Aqui embaixo!

Se conseguir chamar a atenção deles, talvez eles pousem, e então você poderá pedir que desçam a montanha em busca do garoto. Aquele que você não salvou.

Mas, para o piloto, você deve parecer uma formiguinha na neve.

O helicóptero se afasta, sumindo atrás da montanha.

Coruja põe a mão no seu ombro.

— Valeu a tentativa — ela diz.

— Todos a bordo de novo! — o condutor grita.

Os passageiros se dirigem ao vagão.

Você tentou convencer o condutor a descer a montanha? Vá para a página 73.
Se, em vez disso, pediu para ele subir, vá para a página 58.

00:43

— Estou dentro — você diz.

A mulher dá risada.

— Dá para acreditar nessa criança?

— Você sabe que eu só escolho os melhores — o homem diz enquanto sobe no helicóptero. Ele desarruma os seus cabelos como um tio carinhoso. — Bem-vindo ao time.

A mulher bate na parede da aeronave para avisar o piloto.

— Podemos ir! — ela grita. — De volta para a base.

O helicóptero dá meia-volta, levando você para sua nova vida de bandido.

FIM.

Para tentar de novo, volte para a página 85.

00:43

— Sem chance — você diz.

O homem dá risada enquanto sobe no helicóptero.

— Ela estava só tirando um sarro da sua cara. Você não tem escolha, agora está com a gente — ele bate na parede da aeronave para alertar o piloto. — Todos a bordo! Hora de reabastecer.

O helicóptero faz a volta, levando você para sua nova vida de bandido.

FIM.

Para tentar de novo, volte para a página 85.

09:21

Você não gosta nada de ver o farfalhar dos arbustos do outro lado da entrada. Você se afasta com passos cautelosos, avançando mina adentro.

— Aonde você está indo? — Taylor sussurra.

Você pede para ele ficar quieto. Com uma mão na parede, vai tateando pela penumbra do poço...

E de repente o chão desaparece sob seus pés. Você caiu em um buraco escondido.

Você mal tem tempo de gritar antes de tombar para a frente, sacudindo os braços, esperneando inutilmente.

Você cai cada vez mais fundo, cada vez mais depressa, a respiração acelerada pelo pânico ecoando no túnel. A queda dura o suficiente para você perceber que não tem como sobreviver ao impacto...

Bam!

FIM.

Para tentar de novo, volte para a página 56.

09:21

Você se vira na direção da entrada. Definitivamente, está na hora de sair dali...

E de repente você vê...

Um vulto emergindo das sombras do túnel. É maior que um cachorro. Um lobo, talvez, com pernas grossas e peludas e presas afiadas brilhando no escuro.

Então ele se põe de pé sobre as patas traseiras, inacreditavelmente grandes, e você enfim percebe o que foi que viu lá do trem...

Um urso!

O urso solta um rugido, expelindo baba por entre os maxilares afiados. Deve ter três metros de altura e pelo menos trezentos quilos. Lutar contra ele está fora de questão.

— Corra! — você grita, e dispara para a entrada.

Mas Taylor não consegue ser tão rápido. A fera prende sua perna com uma garra poderosa. Taylor grita enquanto o urso o arrasta de volta para a escuridão. As unhas de suas mãos abrem sulcos no chão.

Se você quiser tentar ajudá-lo, vá para a página 61.
Se quiser apenas se salvar, vá para a página 62.

01:46

Você desce o zíper, que empaca na metade, mas ainda assim deixa espaço para sua cabeça passar. Você se desvencilha do casaco e despenca para o chão, com o estômago revirando-se, sentindo o vento gelado machucar sua pele.

O gelo se aproxima depressa. Você se prepara para o impacto.

Crash!

Você atravessa o gelo e logo se vê debaixo d'água. Isso explica por que o chão era tão liso e plano – no verão, aquilo deve ser um lago. O líquido gelado encharca suas roupas imediatamente, e sua pele começa a arder.

Você grita. Bolhas com um ar precioso saem da sua boca e vão dançando até a superfície. Você tenta nadar para cima, mas os seus membros, já congelados, não obedecem mais ao seu comando.

O buraco no gelo lá em cima vai se tornando cada vez mais distante, e logo não resta nada além da escuridão.

FIM.

Para tentar de novo, volte para a página 85.

01:46

Quando as árvores se aproximam, você estende as mãos para se agarrar a elas. Os galhos pontudos estão cada vez mais perto, prontos para furar os seus olhos...

Sucesso! Você agarra um galho e o segura com força.

O helicóptero passa voando mais acima. A corda se estica cada vez mais, sufocando você, mas então...

Trrr...! O capuz se separa do casaco. O gancho se afasta, levando com ele um pedaço de tecido.

Com a respiração ofegante, você desce da árvore e pula para o chão. Você conseguiu! Seu corpo não foi esmagado por um trem, nem empalado por uma árvore, nem brutalizado por bandidos.

Agora é hora de ir para casa. Você começa a descer a montanha, apreciando o ar fresco que enche os seus pulmões.

00:00

Você sobreviveu! Há outras dez maneiras de escapar do perigo – tente descobri-las todas!

Este livro foi impresso em offset 120 g, no miolo, e em cartão 300 g, na capa, em janeiro de 2020, na HRosa, em Cajamar, SP.